안녕
자전거
유쾌하고 즐거운 우리들의 일상 이야기

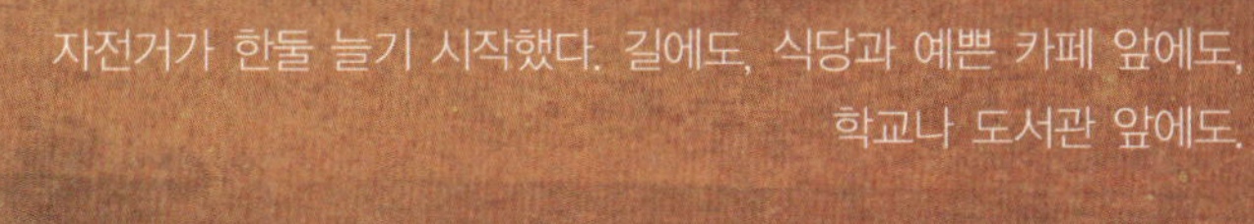

자전거가 한둘 늘기 시작했다. 길에도, 식당과 예쁜 카페 앞에도,
학교나 도서관 앞에도.

자전거는 자연과 사람이 소통하게 해주는 창구다.

자동차보다 덜 편리하고 덜 빠르지만,
때로는 엉덩이가 아프기도 하고
언덕을 오를 때는 숨이 턱까지 차도록 힘들지만
자연을 건강하게 하고 사람을 건강하게 하니까.

여러 사람의 자전거 이야기를 듣다 보니
바로 그것이 우리들의 모습이라는 걸 알게 되었다.

이다솔
이수정
기성훈
안예린
김지용

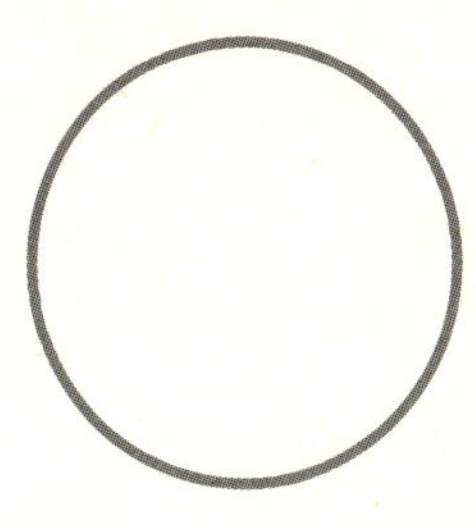

당신은
어떤 자전거를
상상하나요?

숲으로

김민철

김민주

홍지은

박 정 훈

SUPER JUMP
ALTON
ZOOM

미국에서의 삶은 자전거와 떼려야 뗄 수 없을 것이다. 자전거는 미국인들에게 스포츠나 이동수단 이상의 그 무엇, 굳이 비슷한 예를 들자면 하루 중 많은 시간을 함께하는 친구 같은 존재라고 할 수 있겠다.

이곳에서 자전거를 타려면, 무조건 안전장비를 착용해야 한다. 특히 무릎보호대와 헬멧은 필수다.

그래서 자전거 전용도로가 잘 정비되어 있는데, 자동차의 출입을 엄금하여 그 둘 간에 마찰이 일어나지 않는다. 자전거는 자동차와 동등한 위치에 있으며 당당하게 차선을 점유할 수 있다. 그리고 동네마다 자전거 경찰이 있다.

BIKE LANE

BIKE ROUTE

Paru ST
Santa Clara
BIKE ROUTE
6008
WI-FI
ON BOARD

또한 대중교통, 특히 버스나 전철, 기차에는 자전거를 싣고 내리는 장비가 있어 출퇴근과 통학이 유리하다.
MTB와 익스트림 스포츠 이용자가 많으며, 동호회 활동도 활발하다.

미국 샌프란시스코에 거주 중인 Q(강규형) 씨는 『한페이지 단편소설』에 소설이 실리면서 소설가가 되어야겠다고 마음먹었다. 지금은 소설가의 꿈을 잠시 접어두고 구직 중이다.

다른 나라의 정책은?

★ 독일 "Bike and Ride System"
지하철역이나 버스정류소에 자전거 주차 시설, 자전거 대여 서비스, 자전거 수송 서비스(원거리 이동일 경우 기차나 버스, 지하철에 자전거를 싣기 편리하다)를 실시해 대중교통과 자전거 이용이 용이하다.

★ 네덜란드 "자전거를 안전하게!"
각 도시마다 "자전거를 안전하게!" 프로그램을 추진, 중앙역을 중심으로 모든 도로에 자전거 도로가 설치되어 있다. 특히 1992년 암스테르담에서는 도심의 승용차 통행을 제한하는 문제에 대해 시민투표를 했고 자전거 지지자들이 승리를 거두었다. 그 이후 암스테르담 도심에 자동차 주차장을 폐쇄하고, 도로를 일방통행으로 해 남는 공간을 자전거 도로 및 자전거 주차장 그리고 보도로 만들었다. 네덜란드에서는 자전거단체인 Fietsersbond(시민자전거이용협회)가 활발하게 활동 중이다.

★ 덴마크 "자전거도로 우선 정책 수립"
1996년 코펜하겐에서는 15년 계획으로 자전거도로 우선 정책을 수립했고, 1999년부터 시내 간선도로에 자전거 전용도로를 표시하기 시작했다. 코펜하겐이 수립한 '2002~2012 자전거 정책'에 의하면 자전거 통행이 혼잡한 지역에서는 3대가 나란히 달릴 수 있도록 도폭을 3.5미터로 넓힐 계획이다.

★ 영국 "TOUCAN Crossing"

영국의 "TOUCAN Crossing"은 보행자와 자전거가 같이 건널 수 있는 신호체계인데, 보행자 신호가 켜지면 별도의 자전거 신호도 같이 켜진다. 일반 횡단보도에서 자전거 운전자는 자전거에서 내려 건너야 하지만 이 별도의 자전거 도로에서는 타고 지나가도 된다.

★ 프랑스 "자전거 공유 · 대여제도"

프랑스에서는 최근 교통체증으로 자전거 대여 시스템인 벨리브(Velib)를 도입, 지방자치단체나 공공기관이 자전거를 구입한 뒤 시민들에게 싼 이용료를 받고 빌려주고 있다. 일정한 연회비를 내고 발급 받은 자전거 카드로 이용 시간에 따라 저렴하게 빌려 탈 수 있으며 대여소가 비치된 어느 곳에나 자전거 반납이 가능하다.

★ 일본

국민 한 사람당 평균 일곱 대의 자전거를 보유하고 있다는 통계가 알려주듯, 일본은 자전거 대국이다. 그만큼 자전거에 대한 인식도 확립되어 있고 그를 뒷받침하는 제도도 마련되어 있다. 일본에서는 빗속에서 우비를 입고 자전거 타는 사람을 심심찮게 볼 수 있다. 도로가 잘 정비되어 있어 자전거 통행이 많을 때에도 정체가 일어나지 않으며, 정부에서는 곳곳에 자전거 주차장을 만들어 이용에 불편함이 없도록 했다.

Funny

페달링을 멈추면 정지하는 자전거!

변속기 없이 하나의 기어만 달린 싱글기어 자전거를 픽시라고 한다. 이것은 픽스드 크루Fixed Crew의 줄임말로, 뒷바퀴와 페달이 1개의 기어로 연결된 경륜용 자전거 등의 모델을 가리킨다. 1960년대부터 80년대 우리나라 곳곳에서 짐을 싣고 다니던 커다란 자전거도 싱글기어 방식이다.

픽시 바이크의 가장 큰 특징은 브레이크가 별도로 장착되어 있지 않다는 것이다. 허브에 라쳇이 없는 휠셋을 사용하기 때문에 페달링을 멈추면 정지한다. 그렇기 때문에 내리막길에서도 굴러가지 않는다. 싱글기어는 언덕을 오르는 데는 적합하지 않고 평지가 많은 도심에 적합하다.

illust by. 진미선

中央歯科
POT
COFFEE SHOP
POT
COFFEE SHOP

JawsFood
TAKE OUT

뉴질랜드에서의 생활이 시작되고
며칠 만에 든 생각은
'자전거가 없으면 이곳의 문화는 반도
못 즐기고 돌아가겠다' 는 것이었다.
그래서 바로 중고가게에서 클래식 로드
바이크를 샀고, 부품을
구입하기 위해 자주 들렀던 바이크숍의
점원에게서 뉴질랜드의 그룹 라이딩(번치 라이딩)

자전거 타고
뉴질랜드를 누비다!

에 대해 듣게 되었다.
거의 모든 바이크숍에서는 그룹 라이딩을
운영하고 있다. 점원 혹은 매니저가
직접 라이딩을 지도하는 곳도 있다.
라이딩은 대부분 숍에서
출발해 미션베이나 마운트 이든 등
1시간 반에서 2시간 반으로 돌 수
있는 루트로 짜여 있다.

뉴질랜드의 그룹 문화

주말에는 오클랜드 국제공항이나 와이타케레 지역으로 멀리 갔
다오기도 한다. 모든 루트가 자전거 타기 좋은 곳으로 구성되어
있고 경치 또한 너무 아름답다.

서쪽에 있는 와이타케레 지역이 힘든 만큼 정상에 올라 바라보
는 경치를 잊을 수 없었다. 그리고 미션베이는 인접성이 좋고
쭉 뻗어 있어 운동하기에 이만큼 좋은 곳이 또 있을까 싶을 정
도이다.

뉴질랜드는 정부차원에서 대기배출가스가 많은 디젤엔진 차량
주에게 막대한 세금을 내게 한다. 환경보호에 앞장서는 나라다.
"One less car"라는 캠페인도 벌이고 있다.

자전거를 타면 도로에 차 한대를 줄일 수 있다는 누구나 실천할
수 있는 운동인 셈. 실제로 자전거를 타고 도로를 돌다 보면

"One less car"라고 써붙인 옷이나 가방을 맨 라이더들을 볼
수 있다.
내가 살던 오클랜드 도시에서는 총 10여 곳 되는 바이크숍을 접
할 수 있었는데 서로 라이딩 스케줄이 달라서 스스로 어견만 된
다면 거의 매일 다른 바이크숍의 그룹 라이딩에 참가할 수 있
다. 나도 몇 주 동안 참가해 봤다.

Planet cycles숍 그룹 라이딩
매주 월요일 6시에 출발하는 도미니언 로드에 위치한 중간 규
모의 숍라이딩. 이곳 숍라이딩의 장점은 중간 중간 휴식 포인트
가 있어 초보를 배려해 준다는 것이다.
여성 라이더와 학생 라이더를 위한 이곳 숍만의 오랜 전통이 아
닐런지. 하지만 달릴 때는 정말 경기를 보는 듯하다.

아반티플러스숍 로드바이크 아침 그룹 라이딩

마운트 이든로드에 자리 잡은 꽤 규모가 큰 바이크숍인 아반티 플러스숍 역시 매주 그룹 라이딩을 운영하고 있다. 대개 아침 6시 반에 출발한다. 보통 30명 정도의 인원이 참여하고, 3팀으로 나눠서 간다. 빠른 팀 중간 팀 느린 팀. 물론 그룹 라이딩의 기본은 안전!

가족이 함께 하는 그룹 라이딩

뉴질랜드에서는 자전거도 하나의 교통수단으로 인정해 준다. 도로에서 차 앞에서 타고 있으면 운전자들이 비켜서라며 빵빵 대는 게 아니라 오히려 천천히 가준다. 전에는 햇살을 즐기며 천천히 도로에서 자전거를 타고 있는데 뒤에 있던 버스가 내가 버스정류장을 지날 때까지 아무 낌새없이 서행을 해준 적이 있다. 뒤늦게 알아챈 내가 미안한 마음에 전속력 스프린팅을 했을 정도. 뉴질랜드의 자전거 문화는 그래서 부러움 자체다. 또 하나 부러운 것은 가족과의 그룹 라이딩이 많이 보인다는 것이다. 아버지와 딸, 어머니와 아들 등등. 가족이 함께 타는 분위기는 정말 좋다.

서동운 씨는 1년간 뉴질랜드에 워킹홀리데이로 다녀왔고, 지금은 송파구에 위치한 인테리어 회사에서 디자인 실장으로 일하고 있다. 알톤사의 마쵸맨을 로드바이크로 개조해서 타고 있으며, 디씨 자갤 안산모임, 탄천 업힐팀, 안산 로드바이크 등에서 활동 중이다.

내게 맞는 자전거

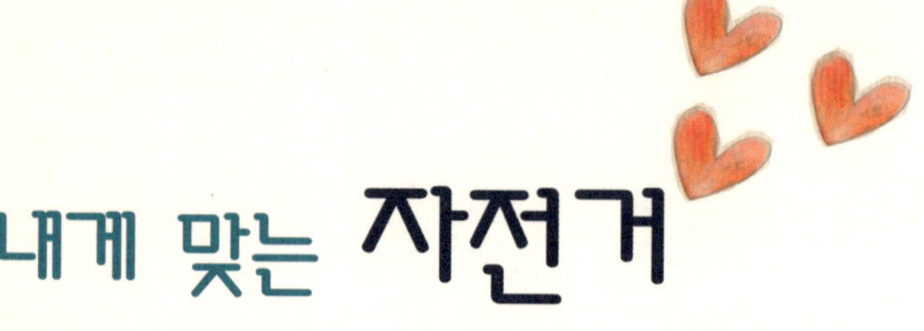

몸에 맞지 않는 옷을 입었을 때나 신발을 신었을 때 어떤가? 보기에도 나쁘지만 불편하다. 마찬가지로 자전거도 내 몸에 맞지 않으면 제대로 된 라이딩을 즐길 수가 없다.

내 몸에 맞는 자전거를 타면 다루기 편하다. 반면 너무 작으면 등과 허리가 휘어 올바른 자세가 나올 수 없고, 너무 크면 허리가 많이 숙여져 자전거를 제대로 다룰 수 없게 된다.

★ 프레임 길이에 대해

시트튜브(C-C, center to center)

바톰브라켓(B.B)의 중앙부터 시트튜브와 탑튜브가 만나는 곳 중앙까지의 길이. 시트튜브의 길이가 짧으면 헤드튜브의 높이가 낮아지는 것이 일반적이다.

시트튜브(C-T, center to top)

B.B의 중앙부터 시트튜브와 탑튜브가 만나는 곳 윗부분까지의 길이. 대부분 C-C를 사용하지만, C-T 길이를 사이즈로 사용하는 브랜드도 있다.

탑튜브의 길이

시트튜브의 중앙부터 헤드튜브 중앙까지의 길이. 편안한 라이딩에 가장 큰 영향을 미치는 것은 바로 탑튜브의 폭이다. 탑튜브의 길이는 실제 탑튜브의 길이보다는 지면과 수평을 이루는 가상 탑튜브의 길이가 더욱 중요하다.

스템 길이

헤드튜브와 만나는 중앙부터 핸들바의 중앙까지의 거리를 의미하며, 각도도 매우 중요하다.

B.B에서 안장 높이

시트튜브를 따라서 B.B 중앙부터 안장 윗부분까지의 거리. 이것은 안장의 두께와 페달의 두께, 심지어 신발의 두께 등에 따라 2센티미터 정도의 차이를 보일 수 있다.

안장에서 핸들바

안장 코에서 핸들바 중심까지의 거리. 이것을 맞출 수 있는 방법은 두 가지가 있는데, 안장을 안장레일에 따라 앞뒤로 움직이거나 스템의 길이를 바꾸어 조절할 수 있다. 길이를 조절할 때 무게중심이 너무 앞으로 가거나 뒤로 가지 않도록 해야 한다.

안장 셋백

안장 앞 코에서 바닥에 수직으로 내려온 선과 B.B에서 바닥으로 수직으로 내려온 선의 거리. 허벅지가 길면 안장을 뒤로 밀어 힘을 쓰기 쉽게 해야 한다. 안장을 너무 뒤로 빼거나 앞으로 밀면 특정 근육의 힘과 무릎을 많이 사용하게 되어 힘을 적절히 쓰지 못하거나, 부상을 당할 수도 있다.

탑튜브의 길이가 너무 짧거나 길 경우 스템의 길이를 조절해 안장에서 핸들바까지의 적정 길이를 유지할 수 있다. 기본 계산 방식에서 산악지형을 많이 타는 경우는 안장 높이를 약 1센티미터 정도 낮게 하는 편이 좋고, 로드를 많이 타는 경우는 탑튜브의 길이가 1~2센티미터 더 길어도 괜찮다.

길이 측정

*시트튜브 = 다리 길이 × 0.6 (로드 사이클 : 0.65)

*B.B에서 안장 높이 = 다리 길이 × 0.883

*탑튜브 길이 = (트렁크+팔 길이) × 0.48

*스템의 길이 = 8~10센티미터

➡ 다리 길이 : 맨발로 다리를 약 25센티미터 정도 벌리고 똑바로 선 후 가랑이 안쪽을 자전거 탈 때 안장에 앉은 듯한 정도의 힘을 주어 누르고 바닥까지의 길이를 잰다.

➡ 트렁크 : 벽에 기대어 허리를 곧게 펴고 앉는다. 엉덩이가 벽에 닿도록 하고 어깨까지 똑바른 자세로 앉아야 한다. 의자의 위에서 어깨뼈 윗부분까지의 사이즈를 재는데, 양쪽 높이를 모두 재서 평균값을 사용한다.

➡ 팔 길이 : 양팔 모두 잰 값의 평균. 둥근 막대기를 손에 들고 팔을 앞으로 곧게 편다. 이때 어깨가 앞으로 나가지 않도록 주의한다. 어깨의 관절 중심에서 막대기 중심까지의 거리를 잰다.

최초로 자전거를 발명한 사람은 누구일까? 자전거가 처음 등장한 것은 200여 년 전이라고 밝혀졌지만, 엔진의 힘으로 움직이는 자동차와 모터사이클, 비행기와는 달리 자전거는 누가 언제 발명했는지 정확하게 밝히기는 어렵다.

고대 문명이 남긴 그림 속에도 자전거 형태의 두 바퀴 탈것이 있고, 이탈리아 르네상스 시대의 천재 화가 레오나르도 다빈치의 스케치에도 자전거와 비슷한 형태의 그림이 담겨 있다. 200여 년의 시간 동안 인간의 삶 속에서 끊임없이 발전해 온 자전거는 오랜 인류의 상상의 발현인 것이다.

상상 속의 두 바퀴가 현실에 등장한 것은 1790년. 프랑스의 귀

History of Bicycle

족 콩트 드 시브락이 같은 크기인 2개의 나무 바퀴를 나무로 연결하고 간단한 안장을 얹은 탈것을 만들었다. 이것을 최초의 자전거라고 보는 견해들도 있다. 이름은 셀레리페르Celerifere. '빨리 달릴 수 있는 기계'란 의미이다. 하지만 셀레리페르는 페달을 밟는 것이 아니라 요즘의 킥보드처럼 발로 땅을 밀어서 달리는 것으로 무게가 40킬로그램 정도로 너무 무겁고 방향을 바꿀 수 없는 불편함이 있었다. 1789년에 발발한 프랑스대혁명 다음 해에 등장한 셀레리페르는 한때 파리를 중심으로 큰 인기를 얻었으나 여러 불편함으로 인해 그 인기는 잠깐의 유행에 그치고 말았다.

방향 바꾸기가 가능해진 드라이지네

1817년 독일의 카를 폰 드리이스가 원하는 곳으로 방향을 바꿀
수 있는 자전거를 만들었다. 파리에서 드라이지네Draisine라는
이름으로 공개되었으며, 다시 영국으로 건너간 이것은 조금 개
량되어 호비 호스Hobby horse, 댄디 호스Dandy horse라는 이름
을 얻고 큰 인기를 끌었다. 하지만 이 모델 역시 불편한 점이 많
았다. 무게가 많이 가벼워지기는 했지만 셀레리페르처럼 발로
땅을 차서 움직여야 했으며 겨우 10킬로미터 정도의 속도만 낼
수 있었을 뿐이었다. 결국 이 모델 역시 오랜 인기를 누리지는
못했다.

페달을 밟고 긴 여정에 성공하다

1939년 드디어 페달을 밟는, 지금의 자전거와 유사한 형태가 탄생했다! 영국 스코틀랜드에서 대장간을 하던 커크 패트릭 맥밀런이 좌우 2개의 페달을 밟아서 연결봉과 크랭크를 통해 뒷바퀴를 돌리는 자전거를 만들어 낸 것이다. 증기기관차의 피스톤을 움직이면 컨로드와 크랭크를 통해 바퀴가 구르는 것과 같은 방식으로 땅에서 발을 뗀 채로 자전거를 굴릴 수 있게 되었다. 발명자인 맥밀런은 이 자전거로 120여 킬로미터의 긴 나들이에 성공하기도 했다.

현대적인 자전거의 출발점, 벨로시페드

대장간에서 일하며 마차 등을 만들던 페이르 미쇼 부자가 페달
로 바퀴를 돌리는 자전거를 1861년 만들었다. 앞바퀴에 페달을
단 미쇼의 나무 자전거는 타기에 매우 편해 큰 인기를 얻었다.
발명된 지 4년 만에 500대 이상이 판매되는 등 대량생산된 최
초의 자전거라는 기록도 갖게 되었다. 영국으로 건너간 벨로시
페드Velociped는 노면의 진동과 충격이 크다는 이유로 본 쉐이
커라는 별명을 얻었다. 이후 바퀴에 통고무를 사용하면서 승차
감이 좋아지고 속도도 빨라졌으며 1860년대 후반에는 이 모델
을 이용한 첫 레이스가 열렸다.

우아하고 빠른 자전거의 등장, 오디너리

벨로시페드의 등장으로 인해 사람들은 스피드를 추구하게 되었다. 그 결과 탄생한 것이 우아한 자전거 오디너리다.

1871년 영국의 제임스 스탈리는 앞바퀴가 유난히 크고 뒷바퀴는 작은 빅 휠Big wheel 또는 오디너리Ordinary라고 불리는 자전거를 만들었다. 바퀴의 지름을 크게 하면 같은 한 바퀴를 회전하더라도 달리는 거리가 늘어나고 스피드도 빨라지는 원리를 이용한 것이다. 게다가 나무 대신 철선을 이용했기 때문에 가벼워 경주용으로도 제격이었다. 앞바퀴 지름이 1.5미터인 오디너리는 스피드를 추구할 수 있는 것은 물론 스타일이 멋있어 큰 인기를 얻었다.

편하고 안전한, 세이프티

오디너리는 빠른 반면 안장이 너무 높아 타고 내리기 힘들고, 앞바퀴가 장애물에 걸리면 탄 사람이 앞으로 곤두박질 칠 위험 요소를 안고 있었다. 그러다 보니 사람들은 보다 안전하면서 스피드를 즐길 수 있는 자전거를 찾게 되었다.

1874년 영국의 해리 로슨이 같은 사이즈의 크지 않은 바퀴를 달고, 앞바퀴 페달 대신 두 바퀴 중간에 있는 페달을 밟아 체인으로 뒷바퀴를 굴리는 자전거를 처음 내놓았다. 그것이 바로 세이프티Safety bicycle다. 이름 그대로 안전한 자전거. 지금의 자전거와 흡사한 형태를 갖추게 된 것이다.

여성도 자전거를 탄다! 로버

1885년 오디너리를 만든 제임스 스탈리의 조카 존 스탈리는 또 하나의 혁명을 이뤄냈다. 세이프티 프레임을 다이아몬드형에 가깝게 하는 등 현대 자전거의 기본요소를 모두 갖춘 로버Rover 자전거를 선보인 것. 로버 세이프티로 발전한 자전거는 1888년 영국의 존 던롭이 발명한 공기 타이어로 더 한층 편하고 잘 달리는 탈것이 되었다.

1880년대와 90년대는 자전거의 황금기였다. 여성들도 다투어 자전거를 탄 것이다. 1887년 칼 벤츠와 다임러가 발명한 휘발유 자동차가 보급되기 전이어서 자전거는 말과 마차를 대체하는 최고의 교통수단이자 레포츠 바람을 일으킨 인기품목이었다.

이후 자전거는 꾸준히 사랑받고 있으며 20세기 들어서는 일반에게 널리 보급되었고, 소재와 기술 또한 크게 발전했다. 알루미늄과 티타늄 등 새로운 경합금 소재를 이용하면서 프레임과 변속기, 림과 타이어 등에서 신기술이 꾸준히 개발되었고 품질도 좋아져 자전거 성능은 계속 높아지고 있다.

Enjoy!
Coca-Cola
Enjoy!
Coca-Cola
東京コカ・コーラボトリング株式会社

LOMO & BIKE

LOMO

BIKE

일본 자전거 여행, 토토로의 라멘 탐방!

라멘요리사가 꿈인 나는 라멘의 본고장인 일본 전국을 돌면서 일본 각지의 라멘을 맛보기 위해 여행을 떠났다.

이번 여행을 함께 한 파트너는 '세상에서 가장 아름다운 삼각형' 이라는 영국식 자전거 '스트라이다'! 주변에서는 미쳤냐며 출발하기 전부터 야단법석을 떨었고, 사실 여행하면서도 엄청 힘들었지만 지금은 스트(줄임말)로 일본을 여행했다는 자부심을 갖고 있다.

스트에 텐트 등의 짐을 싣고, 태극기와 자전거 전문 저지 디자이너

가 나를 위해 특별히 제작해 준 깃발을 달고 일본 국도를 누볐다. 멋
진 저지와 깃발을 찾는 분들에게 추천!
일단 배를 타고 오사카에 간 후 삿포로, 후쿠오카로 이동했다.

라멘 탐방, Best & Worst

긴 여정 동안 마음먹었던 대로 라멘을 정말 많이 먹었다.
개인적인 견해로는 지역마다 고유의 라멘 맛을 가지고 있는 듯한데,
오사카 쪽은 조금 싱겁고 위로 갈수록 점점 짜지는 것 같다. 기후 때
문인지는 모르겠지만 아래 지방은 싱거운 지방질 라멘이 많고 위쪽
지방으로 갈수록 맛이 강하고 짠맛도 강해졌다.
최고의 라멘 4개를 꼽자면, 교토의 돼지지방을 잘게 썰어 넣은 쇼유
라멘, 시즈오카의 버터들깨 라멘, 후쿠시마의 식초쯔케 라멘, 삿포
로의 삿포로 라멘이다.
그리고 가장 맛 없었던 라멘으로는 오사카의 킨류 라멘(한국에서는
제법 유명하지만 이름뿐인 맛. 음식은 먹어봐야 안다), 오사카의 가무쿠
라(배추맛뿐이다).

일본을 자전거로 여행한다는 것

일본은 자전거여행을 하기에 참 편한 나라다. 일단 자전거도로가 잘
되어 있다. 인도 턱이 없으며 땅과 바로 붙어 있어서 자전거를 타도
걸리는 게 하나도 없다. 자전거 주차 공간과 등록제 등 여행자에게
해당되지 않는 사항들이긴 하지만, 이들의 자전거문화는 부러웠다.
뿐만 아니라 모든 도로에 자전거를 위한 공간이 있다. 산을 넘어가
는 국도마저도!
자전거를 배로 운반할 때는 그냥 한국에서 일본으로 보내는 택배비

만큼만 내면 된다. 정확한 금액은 기억이 나지 않지만, 몇 만 원만 내면 운반이 된다. 비행기로 운반할 때도 마찬가지로 무게에 따라 가격을 낸다. 물론 배보다 약간 비싸다. 게다가 배로 이동할 때 좋은 점은 자전거를 분해하지 않아도 된다는 것!

일본 태풍 주의!

나는 주로 노숙을 했다. 노숙하면서 힘든 점은 모기가 무지하게 많다는 것이다. 도쿄나 요코하마 등 도시 쪽에는 도둑도 꽤 있어 조심해야 한다. 실제 도둑을 맞은 적은 없고, 그보다 더 위험천만한 순간을 맞았다. 문제는 일본 태풍.
나는 천안에 살기 때문에 태풍이 와도 바람 좀 불고 비가 와봤자 발등을 넘지 않는 정도다. 그러나 일본은 태풍이 오면 일단 나무가 뿌리째 뽑힌다. 아님 나무가 휜다. 나는 교토산을 넘으면서 태풍을 만났는데 피부가 다 찢어지고 자전거가 날아갔다! 그 산을 겨우겨우 넘어 내려와 편의점에서 도와주셔서 편의점에서 하룻밤을 지냈다. 정말 무서운 경험이었다. 여름에 일본 자전거 여행을 계획한다면 주의해야 한다.

천안에 사는 토토로 유재열 씨는 스트라이다 다크블루로 많은 여행을 할 계획이다.

추천 코스

하코네

자전거로 업힐을 느끼고 싶은가? 가도가도 끝이 없는 업힐을 느끼고 싶은가? 그렇다면 하코네로 달려가자.

아오모리 → 아키타

아오모리에서 아키타로 달리는 길은 산과 바다를 동시에 볼 수 있는 곳이다. 바다 위로 가라앉거나 뜨는 '붉은 노을'을 산에서 볼 수 있다.

삿포로

맛있는 라멘, 달콤한 라멘 등이 모두 모여 있는 삿포로 라멘 골목! 그야말로 모든 라멘을 맛볼 수 있다. 최고의 라멘과 삿포로 맥주 한잔이면 여행으로 지친 피로는 싹 날아갈 것이다.

주의!

요코하마 라멘박물관은 입장료도 받고 들어가면 라멘하나 공짜로 안 주고 다 사 먹어야 한다.

"즐거운 자전거 타기!"

자전거

Creamer
Sweetener
Creamer

자전거 탈 때 무슨 옷을 입을까?

FASHION

"저는 자전거를 타러 나올 때마다 의복과 장비를 제대로 갖춥니다. 화려한 색의 헬멧과 티셔츠, 안장 때문에 생기는 통증을 막기 위한 쫄쫄이 바지, 거기다 부상을 입게 되었을 때 손을 보호해주는 장갑까지! 제 복장 어떻습니까?"

illust by. 최진영

"라이딩 시 필요한 물품을 넣는 가방을 중요하
게 여기는 편이에요. 의상이 어두운 색이라 가
방을 포인트로 했어요. 헬멧은
제가 좋아하는 파란색이죠."

"청바지에 붉은색 티셔츠, 투박
한 신발. 사계절을 커버하는 풀
색 외투. 이것은 저의 평상복입
니다. 자전거 탈 때 의복을 신
경써야 합니까?"

"날씨가 따뜻하고 햇살이 예뻐서 자전거를 타러 나왔어요. 챙이 넓은
모자는 자외선을 차단해주죠. 붉은 꽃무늬 원피스에 흰색 볼레로를 입
었어요. 빨간색 구두는 옷과 맞추었지요. 저 예쁘지 않나요?"

"회사에서 집까지의 거리가 멀지 않은 편이라 출퇴근을 자전거로 합니다. 오늘은 회색 치마 정장을 입었는데, 포인트로 노란색 블라우스를 입었어요."

화사한 날씨에 맞는 예쁜 옷, 회사원의 정장차림, 라이딩 시 발생하는 사고에 대비할 수 있는 의복까지…

"자전거 타면서 바이올린 켜는 기분, 아마 안 해본 분들은 모를 겁니다. 저는 자전거를 타면서 바이올린을 켜고, 거기에 맞게 오케스트라 단원의 마음가짐으로 턱시도를 입습니다."

라이더들의 복장과 사연은 다양하지만 자전거 타기는 일이 아니다. 마음에 드는 옷을 입고 밖으로 나가자!

한강, 달리자!

community

take a rest!

자동차 회사와 스포츠 용품 회사에서 자전거를 출시했다!

네 번째 자전거 Duo Loop!

2009년, 야외에서 활동하기 좋은 5월을 맞아 PUMA가 네 번째 자전거 Duo Loop을 출시했다. Duo Loop은 덴마크에서 상당한 인지도를 자랑하는 자전거 전문 회사 바이오메가와의 합작을 통해 탄생한 제품으로, 놀라울 정도로 빠른 스피드와 8단 기어 기술을 자랑한다.

기본적으로 도심 속 야간 운행을 위해 표준 규격의 전후방 라이트를 갖췄으며, 쉽고 빠르게 접히는 견고한 접이식 바디 프레임은 대중교통 수단이나 엘리베이터 등의 공공시설은 물론 자동차 트렁크에도 손쉽게 보관할 수 있어 자전거 이용의 편의성을 극대화했다. 뿐만 아니라 강력한 트윈 디스크 브레이크를 탑재해 빠르고 견고한 브레이킹 능력을 확보할 수 있다.

누군가 자전거를 임의로 끌거나 타면 자동으로 멈춰 바퀴가 굴러가지 않도록 설계된 완벽한 자체 보안 기능을 갖추었으며, 잠금 장치를 절단해 자전거를 훔치려고 할 경우 자전거 프레임이 흔들려 자전거를 타기 어렵도록 설계했다. 구입 증명서를 가진 자전거 주인만이 바이오메가를 통해 새로운 와이어를 구입, 자전거를 수리할 수 있다.

Be the engine!

1950년, BMW가 개발한 경량 합금 자전거 프레임에 대한 첫 번째 특허를 등록한 지 60여 년이 흘렀다. 그 후 BMW는 독특한 제품을 생산해왔다.

● 2009 BMW Touring Bike

핸들의 SRAM 9단 트위스트 시프터를 돌리면 초원과 들판, 마을을 자유롭게 다닐 수 있으며 SRM i-Motion 기어 허브를 이용, 손쉬운 기어 변경이 가능하다. 그 외에 흙받이, 조명 센서, 허브 다이너모, 정지 조명 기능 및 반사경이 기본으로 장착되어 있다.

탑승자의 키에 맞춰 착석 위치와 스템을 맞출 수 있다는 장점이 있으며 서스펜션 포크, 캔틸레버 브레이크 및 시마노 알리비오 24단 다단변속 시스템 보완 장치와 같은 구성 부품을 선택, 어디서도 찾아볼 수 없는 디자인을 완성시킬 수 있다.

또 액압성형Hydroforming technology 기술을 적용한 독특한 알루미늄 프레임 덕분에 모든 이음매가 매끄럽게 용접되어 완벽히 결합되어 있으며, 브레이크와 기어 시스템용 케이블이 눈에 띄지 않아 깔끔한 외관이 돋보인다.

유니콘을 타고 중국을 여행하다!

하늘의 태양이 열과 성의를 다해 불타오르는 오후. 잠시 자전거도 쉬고 열도 식힐 겸 하드를 하나 먹습니다. 그런데… 겉봉지에는 분명히 새콤달콤 알알이 탐스럽게 터지는 오렌지가 그려져 있지만 뜯어서 먹어 보니 '부른 적도, 찾은 적도 없는' 사과맛이 인사를 합니다. 이 황당함! 중국 여행은 하루도 저를 실망시키지 않습니다.

저~ 멀리서 누군가 자전거를 타고 가는 저를 찍고 있습니다. 칭다오에서 시작한 중국 여정 중 처음 만나는 여행자.
오토바이로 티베트까지 가신답니다.
티베트 여행 허가증이 필요한 외국인인 저로서는 부러운 마음을 감출 수가 없습니다.

"우아, 정말 멋지고 대단하세요. 저는 윈난성의 리쟝으로 갑니다. 저도 티베트까지 가고 싶네요. 부럽습니다!"

… 이렇게 말하고 싶었습니다. 그러나 저는 중국말을 할 줄 모릅니다.

자비심이라고는 눈곱만큼도 찾아볼 수 없는 태양 덕분에 뜨거워질 대로 뜨거워진 아스팔트 위. 오후가 되기도 전에 시작된 오르막은 그치지 않습니다.

"내가 여기서 뭔 고생이지?"

집 나가서 고생하면 모든 사람이 공통적으로 말한다는 그 대사가 머릿속에 떠오르기 직전, 천사를 만났습니다.

"하하, 괜찮아요. 저 여기 물 있어요."

입에서 나오는 대사와는 다르게 저의 두 손은 주스에서 떠날 수가 없습니다.

● 자전거 여행, 젊음과 자유 그리고 열정으로만 가득 차 있을 것 같은 기분 좋은 단어. 하지만 여행의 동기마저 희석시킬 만큼 힘들고 고된 여행입니다. 자전거 여행의 현실이 낭만으로만 채워져 있지는 않기 때문입니다.
이런 고생스러운 여행이 희망으로 변하는 것은 자전거 안장 위에서 만나는 천사들의 작은 온정과 사랑이 있어 가능한 게 아닐까 하고 (조금은 유치하고, 그래서 쑥스럽지만) 조심스럽게 생각해봅니다.

"누구나 할 수 있지만 아무나 할 수는 없는 여행."

배낭여행과는 또 다른, 자전거 여행만이 갖는 특별함이자 매력이라고 생각합니다.

노근채 씨는 스스로를 '소개할 것 없는 사람'이라고 하지만 잠깐 소개하자면, 젊음 하나 믿고 기나긴 자전거 여행 중인 33세의 부산 사나이다. 그는 아직 중국 체류 중인데, 빠른 인터넷과 향긋한 모닝커피를 그리워 한다.

ICECREAM CORN
E404
NO PARKING
OUTSIDE
THESE DOORS

SIRU the Casual Wine Place
RENOVATION
& EXPANSION
To learn more about our company,
to shop online, and to find
store locations, visit our web site:
market-m.co.kr

용다방
café Kim, Ji Yong
CESCO
Members
The
Loving
tree
용다방 김지용

"야, 우리 자전거 여행 갈래?"

2002년 여름, 군대에서 제대한 후 복학을 준비하고 있던 나는 자전거 여행을 제의한 친구 녀석의 말에 솔깃해 단번에 동의하게 되었다. 그 소식을 들은 친한 후배 둘도 자전거 여행에 가담하기로 했다.

젊고 혈기왕성하다는 게 한밑천이었던 우리 넷은, 난생 처음 하는 자전거 여행에 대한 설레는 마음과 텐트, 쌀, 반찬 등을 자전거에 싣고 손전등으로 불을 밝힌 선두를 따라 꽃지해수욕장으로 향하게 된다.

원래 계획은 대천해수욕장으로 가 배를 타는 것이었지만, 태풍으로 인해 모든 배가 끊겨 하루 쉬고 자전거로만 이동하기로 결정했다. 그렇지만 출발 때부터 우리를 따라다닌 장마와 태풍 때문에 가족들의 걱정이 커져 결국 멤버 중 한 명이 포기하게 되었다. 남겨진 우리 셋은 다시금 힘을 내 아침부터 새벽까지 페달을 밟아 꽃지에 도착, 1박 2일 동안의 즐거운 해수욕을 즐긴 후 자전거 여행을 마쳤다.

생애 첫 자전거 여행이라 어두운 고갯길에서 자전거와 함께 굴러 엉덩이에 혹이 생기기도 하고 밥그릇, 숟가락, 젓가락이 부족해 밥을 먹을 때 곤란해지기도 했지만 의미 있는 여행이었다.

2003년에도 어김없이 여름은 돌아왔고, 지난해 자전거 여행으로 근거 없는 자신감(?)이 생긴 우리는 멤버를 다섯 명으로 늘려 제주도로 향한다. 장마와 태풍을 뚫고 꽃지해수욕장까지 완주한 경력이 있는 셋과 새로운 멤버 둘, 우리는 야심한 자정을 기해 목적지로 떠났다.

두 번째 여행이라 준비는 (어디까지나 우리만의 생각이다) 철저하고 완벽했다. 게다가 삼겹살까지 가져가는 여유까지 부렸다! 하지만 1년 사이에 체력이 많이 떨어졌는지 아니면 폭염 때문이었는지 몸은 더욱 힘들게만 느껴졌다.

한낮에 도착한 논산의 한 아파트 단지 내 시민공원에 자리를 깔고 축 늘어진 삼겹살을 열심히 구워 한 끼를 해결하고, 고기의 힘으로 열심히 페달을 밟았다. 보통 하루에 두 끼 정도를 먹었다. 밥 먹는 시간도 아까웠기 때문에.

전라북도 완주군 삼례읍에 위치한 우석대학교에 도착했을 때는 이미 밤 10시를 훌쩍 넘긴 시각이었다. 피곤하고 굶주린 우리는 대학 정문을 지키는 관리원 아저씨에게 부탁해 공사 중인 강의실에서 하루를 보냈다.

다음 날 아침에는 비가 많이 내리고 있었다. 챙겨온 우비를 입고 지난 여행에서와는 달리 각자 커다란 손전등을 가지고 다시 출발했다. 한참을 달려 광주 시내 한복판에 도착했지만, 텐트를 치고 야영할 곳도 없는데다 숙박업소가 지나치게 비싸 찜질방에서 묵을 수밖에 없었다.

그리고 또 다음 날. 맑고 푸른 하늘과 내리쬐는 햇빛 때문에 우리는 점점 지쳐갔다. 나주를 지나고 목포를 지날 때는 더 이상 페달을 돌릴 힘조차 남아 있지 않아 부득이하게 히치하이킹을 결정하게 되었다. 마침 인심 후한 아저씨를 만나 트럭에 자전거를 싣고 시원한 바람을 맞으며 편하게 목포항까지 갈 수 있었다.

드디어 꿈에 그리던 제주도 도착! 그곳이 고향인 과 후배가 우리를 맞이해 주었다. 곧이어 도착한 후배 아버님은 가난한 여행

으로 지친 우리의 배를 맛있는 음식으로 채워주셨다. 우리는 각자 밥 세 공기를 기본으로 먹어치웠다. 후배의 집에서 하룻밤 신세를 지고 최종 목적지인 우도에서 정말 달콤한 1박 2일을 보냈다.

한때 익스트림 스포츠에 매료되었던 나는 영국으로 어학연수를 갔을 때 한국에서는 너무 비싸 사지 못했던 BMX 자전거를 구입했다. 그 이후 항상 묘기 연습을 했고, 남들도 혀를 내두를 정도로 애정을 쏟아 부었다.

연수 기간이 끝나 한국에 돌아오게 되었을 때 미처 가져오지 못한 BMX가 밤마다 꿈에 나타나 애를 먹기도 했다. 결국 지인을 통해 귀국 한 달 만에 그 녀석을 다시 만날 수 있었다. 하지만 재회의 기쁨도 잠시, 2주 만에 자전거 도둑님(?)에 의해 영원한 이별을 맞이하고 말았다.

자전거 여행은 내게 많은 것을 남겼다. 오르막이 있으면 내리막이 있다는 것, 힘들고 지쳐도 노력이 있으면 대가가 따라온다는 것을 마음속 깊이 깨닫게 되었다. 나는 힘들 때마다 내리막에서 자전거를 타고 내려가면서 느낀 시원한 바람을 생각한다.

두 번의 여행과 BMX와의 행복한 시간을 보낸 이후 자전거는 편하고 소중한 친구였다. 관리 소홀로 잃어버린 적도 많았지만 말이다.

요즘은 자전거 마니아가 워낙 많아 나처럼 그냥 자전거를 좋아하는 사람은 명함도 못 내민다. 물론 자전거를 좋아하는 일에 명함을 내밀 필요도 없겠지만. 염려스러운 부분은 자전거 사용 인구가 많아지면 많아질수록 고급 자전거와 보통 자전거로 나뉘고 마찬가지로 사람과 사람 사이도 나뉘게 되지는 않을까 하는 것이다. 자전거는 모든 이의 친구이자 교통수단인, 자전거 자체로만 대해졌으면 하는 바람이다.

김지용 씨는 합정역 부근에서 〈용다방〉을 운영하고 있다. 그의 얽매이기 싫어하는 성격 탓인지 자전거를 가게 앞에 그냥 세워두고는 했는데, 책을 만드는 도중에 도둑님께서 살짝 집어가셨다. 지금은 새로운 자전거와 친구가 되었다.

illust by. 진미선

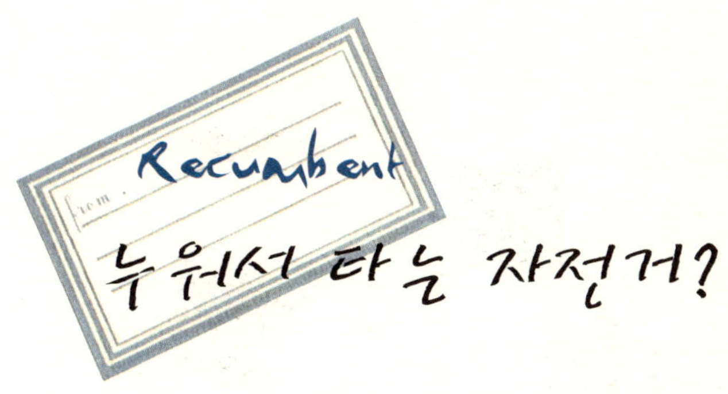

누워서 타는 자전거?

다음 세대를 위한 자전거로도 불리는 리컴번트 자전거는, 누운 자세로 탄다는 것과 안전하고 편안하며 속도가 빠르다는 게 특징이다. 편안한 자세는 장거리 주행을 가능하게 하고 공기의 저항을 덜 받게 한다. 리컴번트 외에 리클라이너스, 캄포트바이크, 벤츠라고도 불린다.

일정한 디자인 없이 나앙한 형태가 나오니 프레임과 휠베이스, 안장, 크랭크세트의 높이, 핸들바의 위치 등에 따라 달라진다. 자세 외에는 두 개의 바퀴로 달리고 부품도 같은 것을 사용하기 때문에 일반 자전거와 원리가 같다.

리컴번트의 종류는 일반적으로 휠베이스(앞뒤 바퀴 중심의 거리)로 나누는데, LWBLong Wheelbase Bike, CWBCompact Wheelbase Bike, SWBShort Wheelbase Bike 등 세 가지가 있다.

최근 꾸준히 판매가 늘고 있어 동호인 모임과 대회도 열린다. 국내에는 옵티마, 버니, 바이키 등 3개 브랜드 15개 모델이 수입, 판매되고 있다.

마음대로 상상
즐겨라!
your
WA

Bicycle

Bicycle Holic

두 개의 동그라미가
모두 자전거로
보이는 현상

5
♥
フレド!
イテ
花
%
◎

Wow!
Oh, Good
ENGLAND
LONDON
26 JULY
1973
ENGLAND
LONDON
26 JULY
1973
Anywhere
With
YOUR
Bike

Agnes Varda
el Retrospecti
5-12-5

agnes Varda
SUPER
Retrospective
5.12 - 5.3

최고의 여행
제주도, 푸른 밤 그리고 자전거

4년 전, 디자인이 예쁘다는 이유 하나만으로 미니벨로를 타기 시작했는데, 자전거가 어느새 생활의 일부분이자 활력소가 되었다. 지금은 미니벨로와 함께 고정 싱글기어 자전거, 일명 픽시라고 불리는 자전거에도 푹 빠져 있다. 나와 아내의 미니벨로 그리고 픽시 2대 이렇게 총 4대가 집 베란다 한쪽을 모두 차지하고 있다.

우리는 자전거를 타고 제주도로 신혼여행을 떠났다. 가보고 싶은 곳도 많았고 신혼여행을 핑계로 해외로 나가고 싶기도 했지만, 이보다 더 좋은 추억이 없을 것 같아 과감히 자전거 여행을 선택했다. 우리는 그곳에서 너무나 재미있고 행복한 신혼여행의 추억을 안고 돌아왔다.

둘다 '저질' 체력을 갖고 있음을 감안하여 하루 50~60킬로미터 정도의 거리만 이동하는 것으로 계획을 세웠다. 1시간에 15킬로터의 속도로 4~5시간 정도 라이딩을 한 셈이다.

워낙 라이더들이 많이 찾는 곳인 만큼 제주도 자전거 여행객을 위한 지도가 나와 있어 도움이 되었다. 물론 여행 전 많은 선배 일주자들에게서 정보들을 얻었고, 그들이 추천한 맛집, 명소,

숙소에 들렀으며 평소에 꼭 가고 싶었던 곳들을 위주로 경유지를 선택했다. 그렇게 제주도를 시계 반대 방향으로 총 6일에 걸쳐 돌았다.

제주도의 해안도로는 정말 멋졌다. 이국적인 바다색과 잘 정비된 자전거 도로 그리고 라이더를 위협하지 않고 양보하는 운전자들 덕분에 6일 내내 즐거운 마음으로 여행했다.

차로 이동했다면 절대 보지 못했을 풍경들과 구석구석 숨어 있던 제주도의 아름다움은 항상 땀을 시원히 식혀 주던 제주의 바람과 함께 우리의 여행을 평생 잊지 못할 추억으로 만들었다. 두 발로 무언가를 해냈다는 성취감과 늘어난 체력 그리고 조금 줄어든 뱃살과 허벅지는 제주도 일주가 주는 보너스(?)다.

하루 코스 정하기!

제주도 한바퀴를 일주도로로 측정한 거리는 총 182.6킬로미터. 그리고 관광지를 경유하기 위해 거치게 되는 해안도로나 마을도로 그리고 비취색 바다빛깔로 유명한 우도를 모두 포함하면 약 220킬로미터다.

보통 제주도는 총 4일에 걸쳐 완주한다. 시계 방향이든 반시계 방향이든 4등분 하여 하루에 50~60킬로미터를 이동하는 것이다. 제주도는 약간의 오르막이 있긴 하지만 대부분 평지이기 때문에 처음 자전거를 배운 초보가 아니라면 1시간에 10킬로미터 내외를 갈 수 있다.

하루에 약 50킬로미터를 이동한다고 계획하고, 하루에 경유할 관광지를 정하고 관광 시간은 1~2시간 내외로 잡은 후 그에 맞춰 하루에 타야 하는 시간을 정하면 된다.

자전거가 없다면 대여하자!

제주도에는 자전거 대여점이 많이 있다. 하루 대여료는 5,000~8,000원이고, 기종과 모델도 다양하다. 짐끈, 자물쇠, 텐트(2~3인용, 3~4인용, 4~5인용), 코펠 등도 무료 대여해주며, 일회용 우의, 대형지도 등도 준다. 친절하게 일주 코스를 짜주기도 하며, 기분 좋게 완주증도 발급해준다. 단, 헬맷과 하이킹용 장갑은 유료다.

전남 광주에 사는 송운혁 씨는 미니벨로 클럽과 픽시 크루에서 활동하고 있다.

제주시
한라산
서귀포시
이레하우스
기숙사 형식
1인당 18,000원
소낭 게스트하우스
1인당 15,000원 조식 무료제공
부엌이 있어 각자 간단한 식사 가능
와하하 게스트하우스
도미토리 1인당 15,000원
식사 제공되지 않음
산방산 게스트하우스
1인당 20,000원
식당을 운영하고 있으며
1식 3찬 국물 포함 2,000원
라면 접 끓여먹을 경우
1,000원에 해결 가능
탄산 온천을 무료 이용

제주시에서 애월까지의 해안도로는 최고다!

볼거리 많은 금능식물원

업힐 구간 산방산

마라도는 모슨포항에서 배를 타고 들어간다. 전기차를 빌려타는 사람들도 많지만, 그냥 천천히 산책할 것을 권한다. 그리고 톳이 들어간 마라식 해물자장면을 추천!

김영갑 갤러리 수요일에 휴관
7, 8월에는 휴관일이 없다

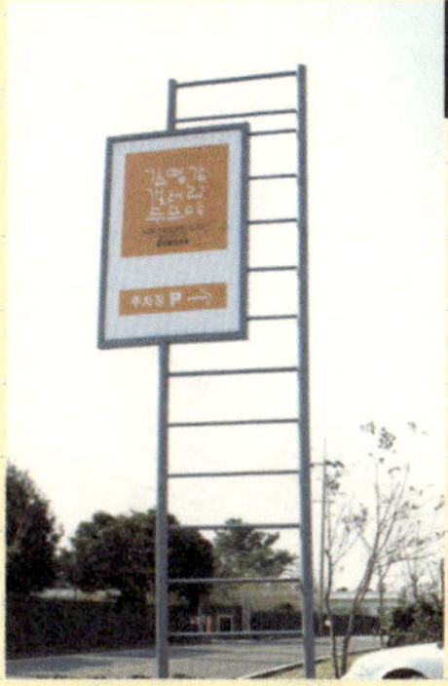

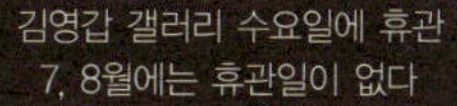

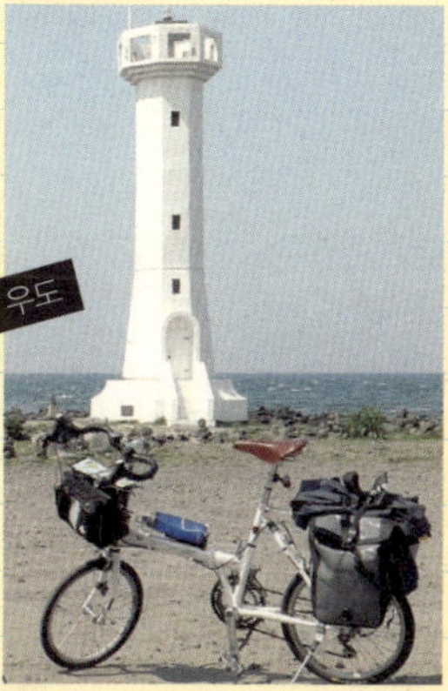

아름다운 바다, 우도

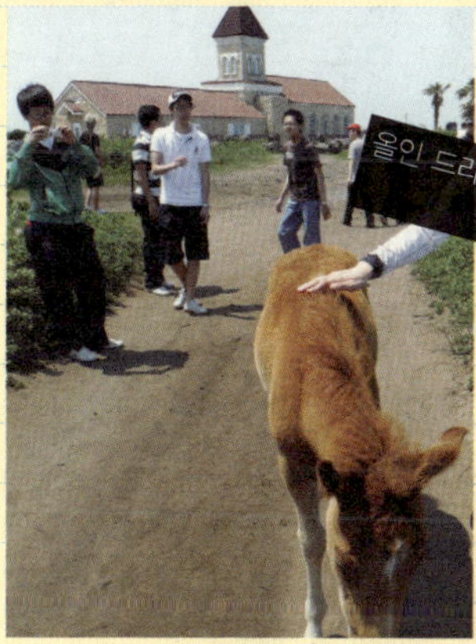

올인 드라마 촬영지로 유명한
섭지코지

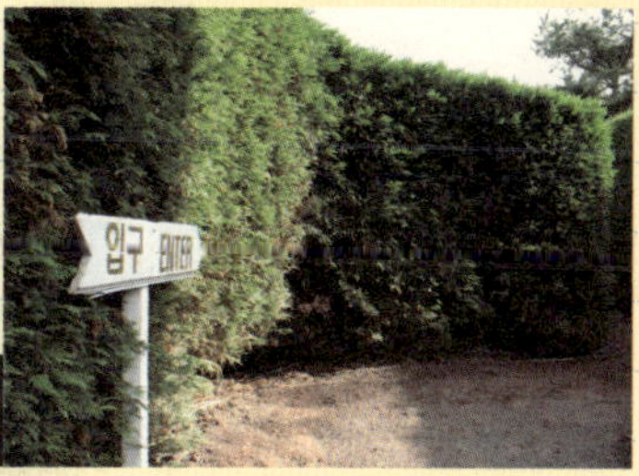

어지럽거나 재미있는
미로공원

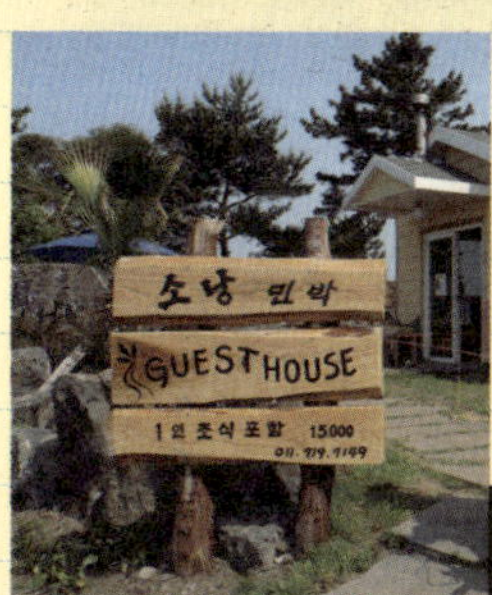

소낭 게스트하우스의
아침 오름 투어

자전거의 종류

로드바이크는 도로에서 타도록 설계된 모든 자전거를 말하는데, 다양한 디자인의 수많은 제품이 선보이고 있다. 로드, 타임트라이얼, 투어링, 사이클로크로스, 트랙 등 다섯 가지로 분류된다.

로드바이크

로드라이딩, 클럽라이딩, 크리테리움 경기에 쓰이는 전형적인 로드바이크다. 라이더의 취향에 따라 다양한 프레임이 존재하지만 사용되는 부품의 디자인과 기능은 비슷하다. 드롭핸들바와 높은 프레임에 장착된 가느다란 타이어를 갖고 있으며 앞 기어는 2단, 3단이다.

타임트라이얼

바람의 영향을 최소화하는 자세로 빠른 속도를 낼 수 있다. 그러나 비교적 짧은 코스에서만 빨리 달릴 수 있다는 한계가 있다. 타임트라이얼 자전거에는 드롭바 대신 U바를 설치하는데 전용 자전거도 있지만, 로드레이서에 U바를 추가로 장착하고 경기를 치르기도 한다.

투어링바이크

짐이나 가방을 싣기 편하도록 되어 있으며 편한 자세로 탈 수 있다. 보다 확실한 제동력을 갖출 수 있으며, 언덕을 쉽게 오르기 위해 3단 체인링과 단별로 범위가 넓은 기어비를 사용한다.

사이크로크로스

유럽 사이클 선수들이 겨울철 훈련으로 크로스트레이닝을 하는 것에서 유래되었다. 로드바이크를 오프로드에서도 탈 수 있도록 보완한 것이다. 대부분의 부품은 로드바이크와 같지만, 오프로드에서 달리기 때문에 충격에 강한 부품을 사용한다.

트랙바이크

하나의 체인링에 뒷바퀴와 고정된 기어 하나만 있어서 주행 중 페달을 멈출 수 없다. 게다가 벨로드롬에서만 타게 되어 있기 때문에 브레이크도 있다. 고징기어인데다가 브레이크도 없기 때문에 사이클 경험이 많고 숙련된 선수들을 위한 것이다.

산악자전거(Mountain Bikes, MTB)

오늘날 서로 다른 영역으로 진화한 MTB는 XC레이싱, XC트레일, 올마운틴, 프리라이드 다운힐의 네 가지로 분류된다.

XC레이싱

흔히 크로스컨트리에 사용한다. 언덕이나 산을 오르도록 설계되어 있으며, 가볍고 효율적이다. 라이더가 쭉 뻗은 자세를 취할 수 있게 하며, 선수들 사이에서 인기가 많다.

XC트레일

다목적용인 XC트레일은, 대부분의 사람들이 산악자전거라는 말을 들었을 때 떠올리는 자전거이다. 편안하게 오르막을 오를 수 있으며 내리막에서 빠른 속도를 낼 수 있다. 거친 노면에서도 주행이 용이하다.

올마운틴 바이크

큰 타이어, 호화로운 서스펜션과 강한 브레이크를 갖추고 있다. 그래서 사고와 재난으로부터 좀 더 안전하다. 가파른 산길에서 주행이 쉽도록 설계되어 있는데, 노면이 부드러운 곳에서는 둔하게 느껴지기도 한다.

프리라이드 / 다운힐

도랑이나 낭떠러지에 가까운 내리막길 등 그 어떤 험난한 지형에서도 문제없다. 자전거와 오토바이의 경계를 모호하게 만드는 이 자전거는 8인치 후륜 트래블과 3인치 굵기의 타이어, 8인치 디스크브레이크 로터가 달려 있다.

큰돈 들이지 않고 건강을 챙길 수 있으며 삶에 활력을 불어넣어
주는 친환경적 이동수단이다. 환경과 건강한 여가에 대한 관심
이 높아지면서 다양한 자전거가 등장하게 되었다.

비치크루저

평평한 노면에 가장 적합하고 튼튼하다는 장
점을 가지고 있다. 친근하고 손쉽게 구할 수
있는 비치크루저의 인기는 식을 줄 모른다.

시티바이크

기어 내장 허브를 갖추고 있으며 옷차림에
구애받지 않고 편하게 타고 다닐 수 있도록
체인가드가 장착되어 있다.

하이브리드

편안하고 장거리도 문제없는 자전거이다
스포츠 투어링은 물론 가벼운 라이딩이나
출퇴근, 통학용으로도 손색이 없다. MTB
나 크루저보다 부드럽고 빠른 타이어를 갖고 있다.

유사 MTB Comfort Mountain Bike

철티비라고도 불리는데 손쉽게 볼 수 있다.
뛰어난 제동력을 갖춘 유사 MTB는 넓은 타
이어와 안장, 높고 곧은 핸들바가 있어 초
보나 스피드보다는 편안함을 추구하는 라이더에게 알맞다.

자전거 여행자
엄성용

자전거 여행기간 및 여행지
동남아시아 4개국(태국, 캄보디아, 베트남, 라오스)
유럽(프랑스, 이탈리아) 등 9개월

Q. 어떤 자전거들로 여행했나?

처음 유럽을 갈 때는 평소에 타고 다니던 중저가형 로드바이크인 옛날 삼천리 자전거로 여행했다. 15년 정도 된 노후한 상태였지만 시마노의 사이클 부품 등급에 비교하자면 'Sora'급 정도는 되었다. 하지만 새로 자전거를 구입하는 것이 나을 정도로 수리비가 많이 들었다. 골고루 문제가 있었지만, 대체적으로 바퀴가 펑크 나거나 휠셋이 휘는 등 바퀴와 관련된 문제가 많았다. 중저가형 사이클에 100킬로그램 정도(사람 60킬로그램+짐 40킬로그램)를 얹고 3,000킬로미터를 달렸으니 그나마 잘 버틴 것이라 해야 할 것 같다. 나의 경험을 통해 사이클은 자전거 여행을 감당하기에 너무 약하다는 결론을 얻었다.

유럽자전거 여행의 경험을 교훈 삼아 동남아를 갈 때는 프레임, 구동부 부속 등 주요 부품을 대부분 인터넷에서 중고로 구매하여 직접 조립한 하드테일 MTB에 리지드 포크를 달고, 타이어를 로드용으로 준비했다. 여행한 거리도 유럽보다 길었고, 도로의 상태도 평균적으로 좋지 않았지만 문제는 거의 발생하지 않았다. 펑크 몇 번과 바퀴의 스포크 끊어짐 한두 번 정도.

여행용 자전거는 우선 튼튼해야 하며, 너무 무겁지 않아야 한

다. 또한 가능하면 저렴한 것으로 준비해야 한다. 구입비용도 생각해야 하지만, 잃어버리는 경우도 대비해야 하기 때문이다. 여행용 자전거로는 중저가형 MTB를 마련해 여행용으로 약간 수정을 하는 것이 좋다.

40~50만 원 정도면 '알리비오'나 '데오레'로 구성된 하드테일 MTB를 구입할 수 있다. 물론 중고로 구입한다면 신품의 70퍼센트 정도의 가격도 가능하다. 여기에 무거운 서스펜션 포크를 가벼운 리지드 포크로 교체한 후(약 2~3만 원) 울퉁불퉁한 산악용 타이어를 매끈하고 폭이 좁은 로드용 타이어로 교체(앞뒤 합쳐 약 4~5만 원)하면 최적의 여행용 자전거가 된다.

Q. 가장 편했던 여행지는?
베트남의 경우 주요 도로의 포장 상태가 대체로 양호하며 우리나라와 같은 우측통행이어서 편리하다. 또한 자전거 가게가 굉장히 많은 편이고, 거의 1킬로미터마다 오토바이 수리점이 있는

데 그곳에서 자전거도 손볼 수 있다(단, 고급 MTB를 위한 부품이
나 정비를 기대하기는 어렵다).

Q. 추천 코스는?
베트남 1번 국도를 따라 해안을 끼고 달리는 길은 높낮이가 심
하지 않아 비교적 쉬운 코스이며 경치 또한 멋있다. 단, 냐짱 주
변에는 겨울철에 북→남으로 부는 강한 계절풍이 있으니 이 시
기는 피하는 것이 좋다. 길찾기가 쉬워 지도를 소지하지 않아도
상관없으며 1번 국도를 벗어나 작은 길로 이동할 때도 베트남
사람들이 친철해 길을 안내해 준다.
1번 국도는 베트남의 상징적인 대표 도로이다. 남쪽의 호치민
(사이공)과 북쪽의 수도 하노이를 잇는 장장 1,900킬로미터의
장대한 길로, 역사 문화적으로나 지리적으로 볼거리가 많다.
전체 구간을 달리는 것은 아무래도 무리이며, 대부분 북쪽의 훼

에서부터 남쪽의 판티엣(최근 우리나라에도 많이 소개되고 있는 무이네 해변 근처의 도시)까지 950킬로미터의 거리를 약 10여 일에 걸려 달리는 코스를 설계한다.

Q. 동남아 자전거 여행, 언제가 좋을까?
상대적으로 서늘하고 비가 거의 내리지 않는 건기가 좋다. 대체로 우리나라의 겨울과 그 시기가 겹치며, 11월 ~ 3월 사이가 동남아 여행의 최적기이다.

Q. 어떻게 준비를 하는 게 좋을까?
자전거여행의 경험이 전혀 없는 경우는 먼저 우리나라를 자전거로 여행해 보길 권한다. 자전거여행의 일반적인 주의사항을 스스로 파악할 수 있는 좋은 기회가 될 것이다.

Q. 자전거를 잘 타야만 자전거여행이 가능한 걸까?
얼핏 들으면 그럴 것 같기도 하다. 그런데 그 '잘 탄다'의 의미가 자전거여행에서는 조금 다르다. 그냥 오래 탈 수 있으면 되는 것이다. 오래 타기 위해선 아무래도 다소의 체력이 필요하나, 자신의 체형에 맞는 적당한 자세를 유지할 수 있다면 자전거 위에서 오랜 시간을 보내는 것이 그리 힘든 일은 아니다. 단, 여행에 필요한 짐을 싣고 달리기 때문에 약간의 체력이 필요한 것은 사실이니 튼튼한 체력은 준비해 가자.

♣ 짐 꾸리기
자전거 여행을 위해 실제로 가지고 간 것
예비 튜브, 자전거 핸들 부착용 가방, 휴대용 펌프, 펑크 패치, 레
버, 스포크 렌치, 예비 스포크, 육각렌치, 작은 몽키 스패너, 자전
거 헬맷, 모자, 물통

가지고 갔지만 짐만 됐던 것
예비 타이어, 작은 바이스 플라이어

가지고 가지 않아 후회하거나 현지에서 구입한 것
자전거 포장용 큰 가방, 자전거 가방-페니어 (국내에는 자전거용 가
방이 없어 천으로 된 007가방을 2개 구입하여 뒷바퀴 옆에 부착했지만,
자전거에 부착하는 것도 불편하고 용량이 작아 이탈리아 시에나에서 앞
입했다)
청 테이프, 드라이버

♣ 자전거 여행 시 반드시 챙겨야 할 공구?
휴대용 펌프는 필수품이다. 그리고 만약의 경우에 대비해 '펑크
패치'도 준비해야 한다. 추가로 타이어를 림에서 벗겨낼 때 필요
한 공구인 '레버(지렛대)'도 필수. 튜브가 크게 찢어질 경우를 대
비해서 예비 튜브 하나쯤 준비하는 것도 괜찮다.
또한 낡은 브레이크 패드와 케이블의 교환, 브레이크 패드 위치
의 조정 등을 위해선 스패너와 육각렌치가 필요하다. 작은 세트
공구가 있다면 더 좋겠지만 없다면 작은 몽키 스패너와 필요한
육각렌치 몇 개만 있어도 괜찮다. 추가로 작은 '바이스 플라이어'
나 '펜치'가 있으면 작업이 보다 수월할 것이다. 이외에도 끊어진
체인의 수리에 관련된 공구나 기어의 스프라켓을 분해하는 공구

등도 필요하지만 상당한 오지의 탐험여행이 아니라면 어느 정도 무시해도 좋을 것 같다.

♣ 자전거를 어떻게 가져가나?

비행기를 탈 때 자전거는 수화물과 함께 부친다. 대개 자전거의 무게가 13킬로그램 내외이므로 수화물 허용중량에 해당된다. 단, 그 크기를 작게 해야 한다. 앞뒤 바퀴를 분해해서 본체에 묶는 것이 가장 좋은 방법. 포장은 자전거박스를 이용하거나 커다란 가방을 이용하면 되며, 고도에서 기압차로 인해 펑크가 날 수 있으므로 튜브의 바람을 조금 빼 놓는 것이 포인트다!

♣ 하루 이동거리를 얼마로 계산했나?

코스를 설계할 때 기본적으로 고려해야 할 중요 사항이다. 이에 앞서 자신이 1시간에 얼마쯤 갈 수 있는지를 체크하는 것이 중요하다. 나의 경우 평지에서 1시간에 20킬로미터 내외, 오르막에서 1시간에 10킬로미터 내외로, 일반적인 구릉지역에서 1시간에 15킬로미터 내외를 예상했다.

일일 순수 주행시간은 6시간 정도가 적당하므로(휴식 시간 포함 8시간 주행, 오전 8시 출발~오후 4시 도착) 평균적으로 일일 80킬로미터 정도로 코스를 설계하면 무리가 없을 것이다.

♣ 버스 등 교통시설을 이용할 때 불편하지 않은지?

이런 불편을 예상해 접는 자전거를 고려하는 사람들이 의외로 많다. 이는 전적으로 잘못된 선택이다. 동남아시아의 버스, 기차, 보트 심지어 비행기까지 자전거를 쉽게 실어준다. 단, 추가 비용을 요구하는 경우가 있긴 하지만, 자전거를 싣지 못해 여행을 못 하는 경우는 거의 없다. 가격협상은 각자의 몫이다. 무겁고 내구성에 문제가 있는 접는 자전거는 고려 대상에서 제외하시길.

조향을 위한 부품, 좌우 혹은
회전을 위해 사용

브레이크 케이블을 당겨 주행 중인
자전거를 제동하기 위해 만든 손잡이

변속기 케이블을 당기거나 풀어 변속 장치를 제어하는 레버

앞쪽 림을 잡아 제동하기 위한 제동장치
(뒷브레이크보다 제동력이 좋다)

헤드 튜브 내에 설치되는 베어링 조합체
(스티어 튜브의 움직임을 원활하게 한다)

림과 스포크, 허브를 합친 것
(휠셋에 튜브와 타이어를 결합하면 바퀴가 된다)

바깥쪽 튜브를 끼우기 위해 필요한 부품

림의 바깥쪽을 둘러싼 고무

브레이크
레버
변속레버
앞브레이크
휠셋
림
타이어
핸들바
그립
미끄러짐과 충격 완화를 위해
손으로 잡는 부분
스템
헤드셋
핸들바에
스티어 튜브를
연결하는 파이프
공기밸브
공기를 넣기 위한 주입구
illust by. 진미선

주행 시 앉을 수 있도록 만든 의자
안장
시트포스트
뒷브레이크
프레임
앞딜레일러
체인
크랭크
뒷딜레일러
페달

안장을 고정시키는 파이프 (프레임의 시트 튜브에 끼운다)
뒤쪽 림을 잡아 제동하기 위한 제동장치
자전거의 뼈대
페달에서 전달되 크랭크로 이동한 에너지를
뒷스프라켓으로 전달하는 매개체
변속기, 주행 조건에 맞게 속도를
기어비를 변환하는 장치
큰스프라켓, 페달에서 발생된
에너지를 받아 체인에 전달
주행 시 운동에너지를 받는 부분

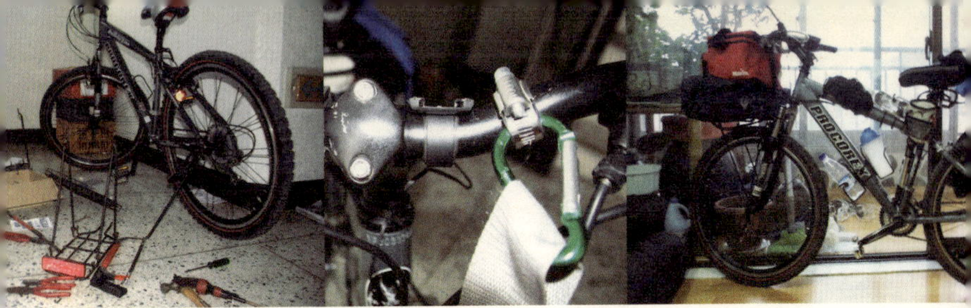

삼선슬리퍼 신고,
젊음이라는 엔진을 달고,
전국 일주!

[충동적 계획]

자전거 여행자인 〈아메리칸 로드〉 저자의 "도전은 젊음의 특권"이라는 말 한마디. 그래, 나도 자전거로 전국일주를 해보자. 젊음의 특권을 누려보자. 그렇게 시작된 자전거 여행.

[삼선슬리퍼]

나의 상징. 발이 아프기도 하지만, 덥고 어디선가 불쑥 비를 만나게 되는 여름날엔 운동화보다는 삼선슬리퍼가 어울리지 않을까 하는 생각 그리고 개인적 취향.

[여행 준비, 자전거 구입]

인터넷 중고 사이트에서 5만 원에 구입한 자전거. 어느 주부님

이 경품으로 받은 새 자전거를 매우 저렴한 가격에 내놓았다. 기어 21단에 프로코렉스사에서 나온 엘란이라는 모델. 어행용 자전거가 아닌 생활용 자전거.

[여행용 자전거로 변신]

여행을 위한 짐받이와 패니어 가방 장착을 위해 변신 시도. 일반 짐받이 2개를 앞뒤에 하나씩 달고, 뒷부분에 실과 바늘로 꿰매서 가방 2개를 부착. 그 외 작은 가방들도 끈을 자르고 실과 바늘, 타이블게이를 이용해서 자전거에 매달았다. 그리고 라이트, 후미등, 스피커 등 기본적인 자전거 용품을 가장 저렴한 것들로 구입해서 장착.

[짐싸기]

여행 준비용품은 거의 대부분 집에 있는 것들로 챙겼다. 텐트, 침낭, 매트, 코펠, 버너 등등 먹을 것, 잘 것, 입을 것 모두 집에 있는 걸 가져갔다. 준비하는 데 든 비용은 자전거 5만 원 포함해서 총 15만 원 정도.

[코스 계획]

상주-대구-경주-포항-울진-영덕-동해-울릉도-독도-강릉-
원주-서울-인천 그리고 서해안 코스 아래로 쭉 내려와서 완도
에서 배 타고 제주도로 간 뒤 다시 배를 타고 부산으로 가서 대
구로 복귀!

[여행 중의 일상]

6시에 일어나서 7시 반까지 아침식사를 해결하고 라이딩 준비
를 마치고 달린다. 1시간 달리고 10분 정도 쉬는 시간 갖기! 햇
볕이 뜨거운 1~3시까지는 점심식사와 휴식을 취한 후 다시
6~7시 정도 어두워지기 전까지 달리기!

[추억 남기기]

자전거를 타고 만나는 분들과 추억을 남기기 위해서 흰색 티셔
츠를 가지고 갔다. 여행이 이어질수록 글씨로 가득해지는 흰색
티셔츠. 여행 중에 잠시 PC방에 들르거나 장을 보기 위해 자리
를 비울 때면 항상 주변 경찰서에 가서 자전거를 맡기고 도보로
움직였다. 잘 곳을 찾지 못한 나를 재워준 경찰서도 있었다.

포항에서 동해까지

경주 불국사에 있는 토함산을 넘어서 바로 포항으로 갔다. 그리고 호미곶을 들린 후 포항에서 동해까지 7번 국도를 따라 달린다. 7번 국도는 공사 중인 곳도 많지만 오르막이 거의 없고 대부분 평탄한 길이라 자전거 타기에 좋다. 7번 국도 주변으로 바다가 보이는 해안 길이 많다.

여행 중 가장 달리기 편했던 포항의 자전거도로. 인도의 한 부분이 아닌 정말 제대로 된(?) 자전거도로다. 빨리 전국의 자전거도로가 이렇게 되기를!

드디어 삼척에 도착했다. 힘들게 고속도로를 달려온 나를 반겨준 곰형!

초등학교 이후로 자전거를 타본 적도 없고, 꾸준히 운동을 한 적도 없던 나. 불가능할지도 모르겠다고 생각했던 전국일주가 일주일을 접어들 때, 삼척의 너른 바다를 바라보며 나는 감동에 젖어 있었다.

불가능, 그것은 나약한 사람들의 핑계에 불과하다.
불가능, 그것은 아무것도 아니다.

문득 생각난 누군가의 말.

울릉도에서 독도까지

울릉도에 가기 위해 묵호항에서 배를 탔다. 파도가 심해 엄청난 배멀미를 했다. 2시간 반 만에 도착. 울릉도에 도착하니 '대마도는 본시 우리나라 땅'이라고 쓰인 비석이 서 있다. 우리나라 전국일주를 계획한 나는 대마도도 가야 하나 잠시 고민했다. 울릉도는 전부 해안도로인 줄 알았는데, 터널도 많고 아찔한 길도 많다.

전국일주의 하이라이트, 독도에 도착했다. 모든 사람들의 마음속에 있지만, 독도에 가는 일은 그다지 쉽지 않을 듯하

다. 마음만 먹으면 누구나 갈 수 있는 곳! 너무도 아름다운 바다와 두 개의 섬 그리고 수십 마리의 바다새들이 반겨주는 우리땅.

사실 독도에 자전거를 가지고 갈 수 없다. 독도경비원분들의 말씀이 내가 자전거를 가지고 온 두 번째 사람이라고 한다. 독도로 가는 배에 탈 때 경찰분에게 엄청나게 애원을 한 결과다. 어쩌면 운일지도. 내 자전거는 주인 잘 만나 독도 땅을 밟는 영광을 누렸다. 비록 달리지 못하고, 한곳에 정차하고 있었지만 말이다.

24세 대학생 삼선슬리퍼 변영우 씨. 자신을 시험해보고 싶어 전국 자전거 일주를 시작했다.

또 하나의 도전
자전거 대회

1년 중 크고 작은 50여 개의 자전거 대회가 열린다. 각각의 대회마다 지역과 코스, 일정 등 모두 다양하다. 공주를 출발하여 정읍, 강진, 여수, 거창, 구미, 단양, 양양, 춘천, 서울의 경로로 9박 10일 동안 총 1,418.3킬로미터를 달리는 뚜르 드 코리아처럼 큰 맘 먹고 도전해 볼 만한 대회들도 있고, 초보자들도 참가할 수 있는 10~20킬로미터 코스도 있다. 기록이나 등수에 상관없이 자전거 대회에 참가해 보는 것 역시 라이더로서의 즐거운 추억이다.

내가 자전거를 처음 구입한 것은 작년 10월. 어느 TV프로그램에 나온 스피드프로(일명 TT)를 보고 혹해서 마실용으로 구입했다. 그때만 해도 미니벨로라는 자전거 종류가 있는 줄도, 업힐, 짐승, 엔진 등의 용어도 모르는 자전거 상식이 전무한 상태였다.

미니벨로의 첫 시승 소감은 당황스러움 그 자체

손에 잔진동까지 충격이 느껴져 솔직히 잘못 샀구나 싶었다. 하지만 미니벨로라 페달을 꾸준히 밟아야 하니 다이어트도 되고 운동 효과도 클 거라 믿고 열심히 타기 시작했고, 급기야 생애 첫 자전거 대회인 미시령 힐 클라임에까지 출전하게 되었다.
대회 일주일 전 업힐 연습 겸 동호회 번개로 남산, 북악산을 다녀왔다. 사실 대회 신청만 해놓고 TT는 11킬로그램이 넘으니까(업힐 대회에서는 자전거 무게가 중요하다) 좋은 성적이 나올 리 없다고 생각했는데 그래도 남산 갔다 온 후론 긍정적으로 생각이 바뀌었다. 일단 목표는 미니벨로 부문 여자 1위보다 빨리 들어오기, 넷타임 1시간 돌파, 한자릿수 순위.

대회 당일!

작년 가을 40명이었던 미니벨로 부문 출전자가

이번 봄 대회에는 100명을 넘어섰다.

드디어 출발이다!

21킬로미터 구간의 경우 각각 센서로 출발점 시간을 재기 때문에 출발을 서두를 필요는 없다. 스스로 준비가 되었다 싶을 때 출발선을 힘차게 딛고 나서면 된다. 출발하자마자 다운 힐이 펼쳐졌다. 속도계를 보니 57. 먼저 출발한 미니벨로들을 계속 추월하면서 열심히 달렸다.

앞으로 나아갈수록 보이는 경쟁자들의 자전거는 점점 고가였다. 헤머헤드, 티탄프레임 미벨, 타이렐 등등. 스피드프로는 무게도 무거운데다가 듀얼드라이브라는 내장기어 때문에 무게가 뒤로 쏠리는 자전거라서 업힐 대회에는 좀처럼 출전하지 않는 모델이다.(상위권 15위 안에는 접이식 자전거는 나밖에 없었다!)

업힐 코스로 들어서니
확실히 힘들었다.

팍팍 끌면서 당기는 힘을 이용하며 올라가야 하는데 클릿을 대회 1개월 전에 장착해 아직 적응을 못해서인지 끄는 힘을 거의 사용하지 못했다. 다소 긴 코스라서 계속 댄싱을 하며 올라갈 수는 없는 법. 평지에서도 댄싱 위주로만 타니까 안장에 앉아서 탈 때는 페달링을 하는 게 너무 힘들다.

타이렐, 마코, 헤머헤드 같은 7~9킬로그램대 미니벨로를 타고 참가했으면 좀 나을 텐데 하는 생각뿐. 특히 골인지점을 얼마 안 남겨둔 곳은 경사가 높아 최고의 난코스.

결과는 10등! 타임은 58분이었다.

미시령 대회

미시령 힐클라임 대회는 자전거 부문과 마라톤 부문으로 나뉘며 각각 10킬로미터 부문과 21킬로미터 부문이 있다.

21킬로미터 부문은 대명 리조트 정문에서 출발하여 원암리 → 인흥리 → 세계잼버리수련장 → 대명리조트 후문 → 미시령초소 → 미시령 정상의 코스를 달리게 되고, 10킬로미터부문의 경우 대명리조트 후문에서 출발해 대명리조트 순환 → 미시령초소 → 미시령 정상의 코스를 달리게 된다.

10킬로미터는 건타임, 21킬로미터는 넷타임을 기준으로 순위를 정한다. 즉 10킬로미터코스의 경우는 참가자 모두 동시에 출발하여 결승지점에 도착순에 따라 순위를 정하며, 21킬로미터 코스는 각각 출발지점의 센서를 지날 때부터 결승점에 도착할 때까지의 기록을 측정한다.

1 사이클 규정 : 일반적인 사이클 형태, 700C만 허용, 철인용 자전거, U바 불허

2 MTB규정 : 서스펜션 장착, 타이어 1.75″ 이상
(하이브리드 및 일반형 자전거는 MTB 부문으로 접수해야 한다)

3 미니벨로 규정 : 바퀴규정(20″ 이하) 준수, 그 외 모두 허용

열기 가득한 자전거 전시회

2월 싱가포르를 시작으로 대만, 중국, 일본, 유럽, 미국 등 매년 세계 곳곳에서 국제 자전거 대회가 열린다. 모든 자전거 브랜드들의 신제품을 가장 먼저 한자리에서 만날 수 있는 기회인 만큼 자전거 마니아들에게는 매우 흥분되고 멋진 구경거리가 아닐 수 없다. 이 중 유로바이크, 대만, 라스베가스 전시회는 세계 3대 전시회라 불릴 만큼 엄청난 규모를 자랑한다. 1,000여 개의 업체들이 참여해 새로 만든 제품을 선보이니 전시회만 둘러봐도 그해에 어떤 자전거가 거리를 활보할 것인지 알 수 있다. 기간은 대개 4일 정도이니, 여행을 계획하고 있다면 날짜를 미리 챙겨보는 것이 좋을 것이다.

전시회	국가	기간
Eurobike 2009 유로바이크 국제 자전거 전시회	독일	매년 9월경
IFMA Cologne 2009 쾰른 자전거 전시회	독일	매년 9월경
Interbike 2009 라스베이거스 자전거 전시회	미국	매년 9월경
EICMA 2009 밀라노 자전거 및 모터사이클 전시회	이탈리아	매년 11월경
Cycle Mode International 2009 도쿄 국제 자전거 전시회	일본	매년 11월경
Expo-Velo Sport 2009 브뤼셀 자전거 전시회	벨기에	매년 9월경
Bikeasia 2010 싱가포르 자전거 및 모터사이클 전시회	싱가포르	매년 2월경
Taipei International Cycle Show 2010 타이베이 국제 자전거쇼	대만	매년 3월경
China North International Cycle Show 2010 톈진 북방 국제 자전거쇼	중국	매년 3월경
China Cycle 2010 상하이 국제 자전거 및 모터사이클 전시회	중국	매년 4월경

자전거에 이용된 기계원리

자전거의 프레임은 라이더의 체중을 견디기 위해 삼각형 두 개를 겹쳐 놓은 듯한 트러스 구조이다. 그리고 자전거 받침대에는 무게중심의 원리와 지렛대의 원리가 숨어 있다.

자동차와 마찬가지로 자전거에도 현가장치가 있는데, 안장 밑에 있는 스프링이 바로 그것이다.
노면에서 발생하는 충격이 라이더에게 그대로 전달되지 않도록 충격을 흡수하는 기능을 한다. 또 좋은 자전거에는 핸들 밑에 속 업 쇼버가 설치되어 있다.

자전거를 움직이게 하는 힘, 즉 라이더의 다리에서 발생된 동력은 페달을 통해 자전거로 전달된다. 그리고 크랭크는 라이더의 발이 하는 직선운동을 회전운동으로 바꿔주는 기계장치이다.
크랭크에 전달된 회전력은 기어와 체인을 통해 구동축인 뒷바퀴축과 뒷바퀴에 전달되고, 자전거의 구동력을 지면에 전달해

힘의 손실 없이 자전거를 움직이게 하는 기계요소는 바퀴이다. 제동장치로는 브레이크 핸들과 브레이크 케이블, 브레이크 라이닝과 패드가 있는데, 브레이크 핸들에는 적은 힘으로 브레이크 작동이 가능하도록 하는 지렛대 원리가 숨어 있다. 또 브레이크 케이블은 적은 힘으로 정확히 브레이크 핸들의 힘을 브레이크 라이닝에 전달하는 역할을 한다. 브레이크 라이닝과 패드는 최대한의 마찰력을 발휘할 수 있도록 마찰계수가 크고 응력에 강한 재질로 구성되어 있다.

발전기는 복잡한 기계장치 없이 효율적으로 전기를 발생시키기 위해 간단한 영구자석으로 제작되어 있으며, 전조등은 라이더의 부담을 줄이기 위해 적은 용량의 전구를 이용한다. 또 짐받이는 자전거에 가해지는 무게를 고루 분산시키기 위해 용도에 따라 앞이나 뒤쪽에 설치되어 있다.

특히 아이들이 타는 자전거는 체중이 안장에 주로 실리기 때문에 핸들 아래에 짐받이가 설치되어 있고(충돌이 있을 때 충격을 흡수하는 역할도 한다) 짐을 싣는 자전거는 체중이 앞쪽 핸들에 실리게 설계하고 짐받이를 뒤쪽에 설치한다.

라이더의 추천 라이딩 코스

영종도 일주!

시원한 바닷바람을 마시며 달릴 수 있는 영종도!
인천공항철도가 생긴 이후 서울에서는 더욱 쉽게 갈 수 있을 뿐
아니라 바다 위로 비행기가 떠오르는 경관을 바라보며 활주로
를 달리듯 마음껏 라이딩을 할 수 있는 매우 매력적인 곳이다.
조금 일찍 출발한다면, 주변의 신도, 모도 등도 들러보자. 드라
마 촬영지 등 다양한 볼거리와 조개구이, 해물 칼국수 등의 먹
을거리까지 없는 게 없다!

영종도 일주 코스

인천공항철도 운서역에서 라이딩을 시작하자. 운서역에서 삼목 선착장까지는 약 5.2킬로미터로 30분 정도의 거리다. 신도, 시도, 모도 섬 내 라이딩을 먼저 할 계획이라면 이곳에서 배를 타면 된다(대인 3,600원+자전거 2,000원). 섬 라이딩 코스는 약 23킬로미터로 2~3시간이 소요된다.

다시 삼목 선착장으로 나와, 이곳부터 공항북로를 타고 을왕리 해수욕장을 지나 잠진 선착장까지 약 21킬로미터. 잠진 선착장에서 공항남로를 타고 영종도 선착장까지는 약 20킬로미터. 영종도 선착장까지 도착한다면 영종도 일주를 성공한 것이다.

다시 배를 타고 건너와 인천역에서 지하철을 타면 된다. 영종도 선착장까지 가는 것이 무리라면 잠진 선착장에서 인천국제공항역으로 가서 다시 공항철도를 타고 돌아오자.

영종도의 공항북로와 공항남로는 그야말로 무한질주 본능을 불러일으키는 넓고 평탄한 길이다. 단지 라이더들의 질주 본능만큼이나 자동차 운전자들 역시 카레이서 버금가는 속도로 달리니 주의해야 한다.

을왕리 해수욕장서부터 잠진도 선착장까지 서쪽 길은 갓길도 좁고 약간 위험한 길이지만 천천히 주의해서 라이딩하면 큰 문제는 없다. 그나마 가장 힘든 구간은 월미도부터 인천역까지 가는 길. 라이딩 10분 거리이지만 노면이 군데군데 패여 있고 도로상황이 좋지는 않다. 신도, 신도, 모도 섬 라이딩은 업힐 구간이 몇 군데 있으며 전반적으로 라이딩하기 매우 좋은 코스다. 초보자라면, 차도 별로 다니지 않는 신도, 시도, 모도 구간만 시도한 후 온 길을 되짚어 돌아오는 것도 좋을 것이다.

➲ 운서역에서 공항철도를 이용할 때 접이식 자전거는 추가 요금 없이 휴대하여 탈 수 있지만, 일반 자전거는 분해해서 휴대가방에 넣어야 한다.

➲ 잠진 선착장에서 무의도로 들어갈 수 있다. 무의도 역시 드라마와 영화 촬영지로 유명한 관광지. 하지만 개인적으로 섬 내 라이딩은 추천하지 않는다.

문정동에 사는 심세홍 씨는 스트라이다로 틈틈이 자전거 여행을 한다.

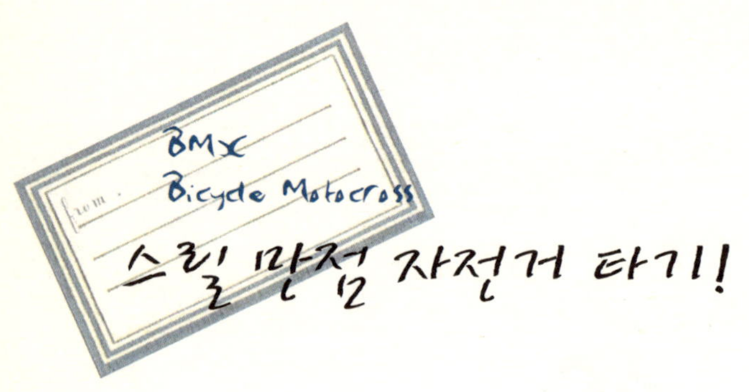

스릴 만점 자전거 타기!

자전거 타기의 한 형태로, BMX 경주는 2008년 베이징 올림픽에서 정식 종목으로 채택되었다.

BMX는 흙으로 만든 트랙을 달리는 BMX 경주와 프리스타일 BMX라 불리는 자전거 묘기 공연으로 나눌 수 있다. 특히 프리스타일 BMX는 거리, 공원, 숲, 진흙, 평지 등 개별 영역을 포함할 정도로 발전했다. 다양한 지형에서 서로 다른 방식으로 자전거 묘기를 선보인다. 프리스타일 자전거는 경주용보다 차축 거리가 짧아 빠른 회전이 용이하다.

BMX 경주는 프리스타일 BMX와 쉽게 구분할 수 있다. 프리스타일 자전거는 V브레이크 대신에 U브레이크를 사용하고, BMX 경주용 자전거는 길이가 좀 더 긴데 빨리 달릴 때 안정성을 높이기 위해서다.

illust by. 진미선

하
출
판
사
예술미디어

나의 자전거 이야기

가수 한 동 준

자전거에 대한 어릴 적 기억은, 조금 슬프고 그보다 조금은 더 행복하다.

내가 살던 작은 한옥 동네에는 자전거를 가지고 있는 집이 많지 않았다. 기껏해야 가게에서 쓰는 짐자전거들이었는데, 키가 작은 나와 친구들은 그 짐자전거가 가게 앞에서 놀고 있을 때 몰래 가져다 안장에 오르지는 못하고 삼각 프레임 사이로 다리를 넣어 페달을 돌리며 타곤 했다. 그러다가 자전거 주인이 붉으락푸르락해진 얼굴로 나타나면 자전거를 아무렇게나 팽개치고 줄행랑을 쳤다.

그 무렵 일반 자전거는 동네마다 한 군데씩 있던 대여점에서 30분, 1시간씩 빌려 탈 수 있었다. 어쩌다 용돈이 생기면 부리나케 달려가 자전거를 빌려 탔는데, 빌린 시간의 절반은 걸핏하면 빠지는 체인을 끼우는 데 소비해야 했다. 하지만 늘 용돈이 부족했기 때문에 그마저도 자주 할 수는 없었다.

운동에 소질이 없어 친구들에게 놀림을 당하던 내가 유일하게 잘할 수 있는 운동은 자전거타기였다. 자전거를 탈 때만큼은 세상에 부러울 것 하나 없는 행복한 아이가 되고는 했다. 물론 자전거를 자주 탈 수는 없었지만 말이다.

그런데 하필 이웃 동네에 사는 친구 중 한 녀석이 중고 자전거를 사게 되었고, 속상한 마음에 어머니 앞에서 눈물을 보이고 말았다. 그때 내 손을 잡고 자전거 대여점으로 향한 어머니는 오백 원짜리 자전거를 사주었다.

검소한 생활이 몸에 익은 어머니가 거금을 들였다는 사실로 미루어 봤을 때, 그 당시 내가 저전거에 대해 얼마나 강한 열망을 가지고 있었는지 짐작이 간다.

수십 년이 지난 지금도 그날이 생생하게 눈앞에 펼쳐진다. 생애 처음 나만의 자전거가 생긴 기분이란… 세상을 다 얻었다거나 하늘을 나는 것 같았다는 말로도 부족하다.

그날 이후 학교에서 돌아오자마자 곧장 자전거를 타고 밤늦게까지 이 동네에서 저 동네로 돌아다녔다. 항상 다니는 익숙한 길이었지만, 걸어 다닐 때와는 전혀 다른 낯선 풍경들이 펼쳐지고는 했다.

하지만 행복한 나날은 그리 오래가지 않았다. 아마 자전거를 산 지 한 달도 되지 않았을 때의 일일 것이다. 친구들과 함께 자전거를 타며 놀고 있는데, 그 당시 흔하지 않았던 교복을 입은 대학생이 우리에게 말을 붙이며 친근하게 다가왔다. 두꺼운 책을 든 그 대학생은 마른 체구에 잘생긴 남자였는데, 부드럽고 다정한 말솜씨로 우리의 주의를 끌기 시작했다.

이야기는 그가 원래 자전거 선수였고 부상 때문에 이제는 공부에만 열중하고 있는데, 원하면 자전거 묘기를 보여줄 수 있다는 것으로 이어졌다.

순진한 우리는 그의 말을 온전히 믿어버렸고, 일제히 환호성을 지르며 묘기를 보여 달라고 했다. 그는 미소를 지으며 여기서는 묘기를 보여주기 힘들고 언덕 위로 올라가서 빠른 속도로 내려가야 제대로 된 멋진 연기를 펼칠 수 있다고 대답했다.

천천히 일어선 그는 언덕 위로 올라갔고 내 자전거와 함께 언덕 아래로 사라졌다. 그게 끝이었다. 다시는 그의 모습을 볼 수 없었다. 내려가면서 묘기는커녕 핸들 한 번 움직이지도 않았다. 땅거미가 짙게 깔릴 때까지 그 자리에 쪼그리고 앉아 그를 기다렸다. 위로하던 친구들은 자전거도, 그 잘생긴 대학생 도둑도 다시는 오지 않을 거라면서 집으로 돌아갔다.

나도 알고 있었다. 그가 다시 돌아오지 않을 거라는 사실을 말이다. 하지만 계속해서 기다렸다. 이제 갓 열 살을 넘긴 어린 나를 어떻게 이런 식으로 농락할 수 있었을까에 대해 생각했고, 거금을 들여 사준 자전거를 이토록 허무하게 도둑맞았다는 사실을 알게 될 어머니를 생각했다. 끊임없이 생각하며 울었다.

밤이 깊도록 집에 돌아오지 않는 나를 찾기 위해 나온 형과 함께 집으로 돌아가 어머니에게 자초지종을 설명하자 어머니는 불같이 화를 냈다.

당연한 일이었다. 어려운 형편에도 불구하고 자전거에 대한 어린 아들의 지극한 애정을 보고 사주었는데, 눈앞에서 자전거를 잃어버린 아둔함 때문이었을 것이다.

스스로도 자책했다. 잠시였지만 죽고 싶다는 생각을 했던 것 같기도 하다. 그 이후 우리 집에는 단 한 번도 자전거를 들이지 않았다.

어렵게 얻은 자전거, 짧은 기간이었지만 삶을 행복으로 물들였던 자전거, 한 비열한 인간으로부터 어이없이 빼앗긴 자전거…

그것이 내 기억속의 자전거이다.

흰머리가 검은머리보다 더 많아진 지금, 내게는 꽤 좋은 자전거가 두 대나 있다. 500원으로는 절대 살 수 없는 자전거.

그중 하나는 가수 김현철의 소개로 구입하게 된 산악자전거이다. 하지만 산에는 거의 가지 않는다. 나와 같이 음악 쪽에서 일하는 동료들과 한강 둔치 자전거 도로에서만 탄다. 언젠가 산도 타게 될 거라 생각하지만, 일단 엔진을 업그레이드 하는 데 최선을 다할 예정이다.

다른 하나는 접이식 자전거인데, 대중교통을 함께 이용하는 데 불편함을 없애기 위해 구입했다. 자전거가 교통수단으로서의 제 역할을 할 수 있도록 한 것이다.

성인이 20분 동안 시속 20킬로미터로 자전거를 탔을 때 약 140칼로리가 소모되고 시속 8킬로미터의 달리기, 분당 60~70회 정도의 줄넘기와 비슷한 운동효과를 본다고 한다.

심폐기능 향상뿐 아니라 근력도 함께 키울 수 있고 가슴과 배, 어깨, 팔 등 상체 근육이 고루 쓰이게 된다. 또 1년 정도 꾸준히 타면 심장병과 당뇨병, 비만 발병 가능성이 절반으로 감소하고, 고혈압 발생 비율은 30퍼센트 줄어든다고 하니 이보다 더 좋은 운동은 찾아보기 힘들 듯하다. 거기에 관절에 무리를 주지 않기 때문에 연세가 있는 어르신들한테도 안성맞춤이다.

많이 알려진 사실이지만, 오래전부터 자전거 사랑이 지극한 백남봉, 김세환, 김창완 등 선배님들은 왕성한 활동에도 쇄약해지지 않을 정도로 건강하다.

자전거에 입문하고 나면 다들 자전거 전도사가 된다는데 나도 그중 한 명이 된 듯하다. 자전거 인구도 점차 늘어나고 자전거 도로도 많이 생긴다고 하니 자전거를 사랑하는 한 사람으로서 참으로 기쁜 일이 아닐 수 없다.

그러나 한편으로는 자전거를 타는 사람들이 많아질수록 기본적 예의를 갖추지 못하고 타인을 배려하는 마음이 부족한 사람들도 늘어갈까 두렵기도 하다.

요즘도 가끔 호루라기를 불고 소리를 고래고래 지르며 보행자들을 위협하는 라이더들을 볼 수 있다. 또 산에서도 등산객들과 티격태격하는 모습을 흔히 볼 수 있고, 도로에서도 자동차 운전자들과 신경전을 벌이는 라이더들도 있다.

자동차와 자전거와 보행자가 상생할 수 있는 문화가 필요하며 서로를 인정하고 배려하는 인간적 성숙이 절실하다. 그 성숙함 위에서 모두의 즐거움이 보장될 것이다.

〈너를 사랑해〉를 부른 가수 한동준 씨는 건강을 위해 집에서 방송국까지 자전거로 오가고 있다.

행복

&G PAJU

한반도 최남단
땅끝!

침낭에 누워서 별과 유유히 흘러가는 구름을 보는 것은 장관이
다. 모기향을 머리 쪽에 두어도 미치도록 달려드는 모기들을 밤
새 쫓아야 하는 수고도 감수할 수 있을 만큼.

여행 기간 중 노숙을 한 날은 모두 5일. 숙박에 대한 별 계획 없
이 기본적인 찜질방 정보만 조사해서 여행을 갔는데 지방 쪽에
선 찜질방 시설이 제대로 갖춰진 곳이 없거나 찜질방이 있더라
도 시설이 여의치 않은 곳이 많았다. 처음에 노숙을 할 때는 당
황스러웠지만 그 뒤로는 노숙하는 게 아무렇지 않았다.

오늘은 드디어 땅끝 마을에 도착하는 날. 해남 시내를 빠져나가기 위해선 오르막길을 올라가야 한다. 독을 팍팍 내뿜으면서 가다 보니 구시터널이라는 곳이 나온다. 거의 1킬로미터 정도 되는 꽤 긴 터널. 자전거로 여행할 때 '**터널 몇 미터 앞'이란 표지판을 보는 것은 끔찍하다.

그 터널을 다 지나가자 길이 제법 평평해졌다. 그런 길을 약 30여 분 정도 달리니 13번 국도에서 해안도로인 77번 해안도로로 빠지는 길이 나왔다. 해안도로로 빠지자 변산반도에서 그랬던 것처럼 오른쪽으로는 바다를 계속 볼 수 있고 왼쪽으로는 계속 산을 보면서 달릴 수 있다.

내 상상 속의 땅끝 마을은 바로 뒤에 바다가 펼쳐진 좁고 낮은 곳에 있는 마을이었지만 실제는 그와 반대였다. 자전거를 타고 가느니 아예 끌고 가는 것이 나을 정도로 경사가 엄청났다. 낑낑거리면서 간신히 그 언덕을 올라서야 상상만 하던 땅끝 지시석(?)에 도착했다. 흐린 날씨에도 불구하고 사람들이 꽤 많아서 그 앞에서 사진을 찍기 위해선 약간 기다려야 했는데 내 차례가 되었을 때 주변이 관광객에서 부탁을 한 뒤에 사진을 찍고 그 뒤로 가서 바다를 바라보면서 감동을 한껏 만끽했다.

한반도 최남단 땅끝!
그 뒤에 자전거를 세워두고 바라보는 바다!

그곳에서 빠져나와 내리막을 쭉 내려가니 땅끝 전망대로 가는 모노레일이 있다. 모노레일을 타려고 기다리는 시간만 해도 엄청날 것 같아 그냥 돌아선다. 산을 따라서 길이 계속 오르내리막이다. 해남을 벗어나선 13번 국도로 완도로 갈 수 있는데 나는 다음 경유지인 다산초당을 가기 위해 직진을 해서 55번 지방도를 타고 강진으로 갔

다. 앞으로 두륜산이라는 거물급 인사가 버티고 있기 때문에 밥심으로 가기 위해서 55번 지방도를 타기 전에 교차로에 있는 기사식당에서 점심을 먹기로 했다. 푸짐한 밥상!

다산초당으로 가는 길은 생각보다 험난했다. 자전거가 가기에는 힘든, 완전한 산길이라서 자전거는 두고 걸어갔다. 나무가 빽빽한 숲길을 지나 본격적으로 산을 오르기 시작, 그렇게 10분 정도 올라 다산초당에 도착했다. 천일각에서 본 풍경은 가슴을 푹 적셔준다.
다산초당에서 장흥으로 가기 위해서는 강진 시내를 통해야 한

다. 장흥은 2번 국도를 타고 가야 했는데 신 국도는 4차선 국도
였고 새로 생긴 만큼 거의 일직선인 반면, 구 국도는 2차선 국
도였으며 약간은 돌아가는 경로로 있었다. 별 고민없이 차가 적
을 것 같은 구국도로 달렸다. 차는 5분에 한 대가 지날까 말까
할 정도로 한적한 꿈의 도로! 장애물이 전혀 없는 평지에 할 수
있는 한 계속 속도를 낼 수 있어서 금세 장흥에 도착했다. 도착
하기 전에 전혀 알지 못했는데 정동진 물 축제가 한창이었고 토
요일 장까지 겹치면서 장흥은 북새통이었다.

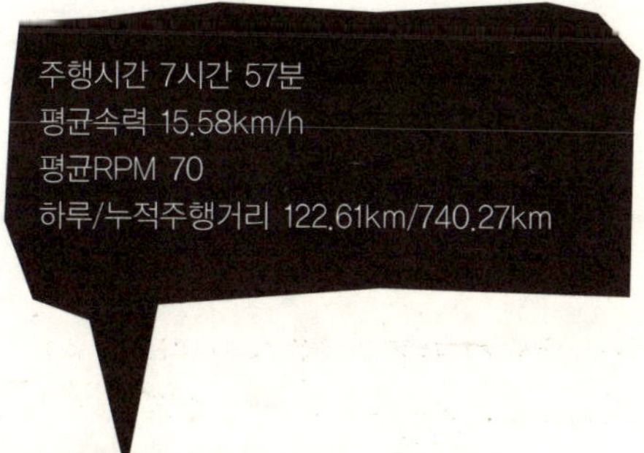

사진, 영화, 음악, 독서를 즐기는 건축학도 김한결. 젊어서 고생은 사서
도 한다는 혈기와 한국의 자연과 고건축을 많이 보고 느끼자는 생각에
서 17박 18일의 전국 자전거여행을 떠났다.

17일 **18**박의 일정으로 전국 자전거 일주를 했다.

126시간 동안 자전거를 탔다.

57개의 시군을 다녔다.

5일 동안 노숙을 했다.

151.68km 하루에 가장 많이 달린 거리이다.

60.23km/h 여행 중에 측정된 최고 속력이다.

2005.87km 이동한 총 거리이다.

Minivelo

작아서 귀엽고 사랑스러워!

영어로 작다는 뜻을 가진 미니(Mini)와 프랑스어로 바퀴, 혹은 자전거라는 뜻을 가진 벨로(velo)의 합성어로 작은 바퀴, 작은 자전거의 뜻으로 사용되고 있다. 정식 용어는 아니고 일본에서 먼저 쓰였던 말로 알려진다. 미니벨로에 대한 정확한 분류 기준은 아직 없으며, 일반적으로 바퀴 크기가 20인치 이하인 경우 일반 자전거와 다른 미니벨로로 구분한다. 대부분 접이식(폴딩)이지만, 최근 스프린터류 미니벨로에서는 접이식이 아닌 경우도 있다 〈출처: 인터넷 백과사전 위키피디아〉

일반 자전거에 비해 가볍고 실내 보관과 이동이 용이하며 방향 전환이 쉽다. 색상과 디자인이 다양하며, 작고 귀여워 패션 소품으로도 각광받고 있다. 또 무게 중심이 대부분 아래에 있어 안정감 있는 주행을 할 수 있다. 반면 바퀴가 작기 때문에 페달을 여러 번 밟아야 하고 기어가 없거나 빈약하게 장착되어 경사진 곳을 오르기 어렵다는 단점이 있다. 또 외부 충격이 주행자에게 그대로 전해질 수 있다. 현재 다혼, 비토, 스트라이다, 브롬톤, 버디 등에서 생산하는 미니벨로가 시중에서 판매되고 있다.

✿ ✿ ✿

자전거 잘 탈 수 있는 방법

속도를 낼 수 있다거나 묘기를 부릴 수 있는 것이 자전거를 잘 타는 것은 아니다. 정답이 있는 것은 아니지만, 자전거를 제대로 타기 위한 방법은 있다.

첫째, 준비를 철저히 하라!

자전거를 타야겠다고 마음먹었다면, 자신의 체형에 맞는 자전거를 구입하는 게 중요하다. 그리고 그 외에 헬멧(필수), 장갑, 고글, 의류, 자외선 차단제 등 안전장비를 준비한다. 라이딩을 즐기기 위해 안전을 포기할 수는 없으니까 말이다.

또 중요한 것이 있다. 바로 물! 라이더들은 물이나 음료 없이는 집을 나서지 않는다. 그것은 페달을 움직이게 하는 원동력이며 부가적인 훈련 없이도 지구력을 향상시켜준다.

주변에 노련한 라이더가 있으면 그와 함께 자전거를 탄다. 만약 그런 사람이 없다면 동호회에 가입하는 것도 좋은 방법이다. 그들과 함께 달리면서 언덕이나 코너에서 어떻게 자전거를 타는지, 장애물이 있을 때나 험한 지형에서는 어떻게 하는지 유심히 지켜보자. 모르는 게 있으면 부끄러워하지 말고 조언을 구해야 한다. 엄마 뱃속에서부터 자전거를 타면서 나온 사람은 없다!

경기에 출전한 선수, 회사나 학교에 지각하기 일보직전인 라이더가 아니라면 급할 것이 전혀 없다. 자전거 타는 일을 즐기고 경치를 구경하고 삶의 스트레스를 날려버리기 위해 밖으로 나오지 않았는가. 게다가 당신이 초보라면 더더욱 조급한 마음을 가져서는 안 된다.

심장이 터질 것 같은가? 혹은 페달이 다리를 돌리는지 다리가 페달을 돌리는지 모를 상태가 되었는가? 헬멧에 땀이 흥건해졌는가? 그 전에 여유로운 마음을 갖자.

자전거를 타기 위해 밖으로 나왔다고 해서 잠시도 쉬지 않고 자전거만 타는 사람은 없을 것이다. 자전거에게도, 그것을 타는 사람에게도 휴식은 필요하다. 짧은 휴식으로 신체의 회복은 물론 정서적인 부분도 만족감을 얻게 될 것이다. 어떤 운동이든 자신을 극한으로 몰고 가서는 안 된다는 말이다.

다섯째, 다양하게 시도하자!

진지한 라이더로 거듭나고 싶다면 화창한 날씨, 곧은길에서만 자전거를 타지는 말자. 다양한 경험이 자전거 타는 기술을 향상시킨다. 밝거나 어둡거나, 비가 오거나 눈이 오는 날에도 우리는 살아간다. 자전거도 마찬가지다.

자전거가 타고 싶은데 비가 내리는가? 언덕길에 오르는 것이 힘든가? 그래도 포기하지 말자. 안전장비 확인은 다시 말하는 게 필요 없을 정도로 중요하다.

여섯째, 스케줄에 집착하지 않는다.

사람이 살아가는 데는 수많은 변수가 있다. 당신이 지난 밤 세워놓은 계획에 차질이 생겼다고 해서 세상이 끝나는 것은 아니다. 계획을 세운 "내"가 주체여야지 계획이 주체가 되어서는 안 된다는 말이다.

'오늘은 20킬로미터를 달리겠다'라고 계획을 세웠더라도 그것에 맞추기 위해 주변을 둘러볼 여유조차 없다면 아무 소용이 없다. 즐기기 위한 자전거 타기라는 것을 잊지 마라.

자전거길

자전거보관소

2007

"동생과 함께 자전거를 타요!"
– 박은담

"내 자전거에는 우산도 있어요."
– 유현영

2007

아이들의
자전거 탄 풍경

"내일은 보조바퀴를 뺄 거예요!"
— 백웅현

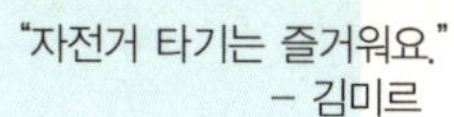

"자전거 타기는 즐거워요."
— 김미르

"동네 꼬마와 함께 타던
녹슨 자전거, 그립습니다."
— 한은진

강화도 1박 2일 여행!

넓고 한적한 도로를 달려, 시원한 바다와 많은 역사 유적들을 만날 수 있는 강화도는 서울에서 출발해 쉽게 갈 수 있는 곳 중 하나다. 강화도만 둘러볼 경우 당일치기가 가능하며, 배를 타고 석모도까지 들른다면 넉넉하게 1박 2일을 잡으면 좋다.

토요일 친구와 함께 라이딩을 시작한 나는 한강 자전거 도로를 달려 안양천 합수부에 도착했다. 버스로 강화까지 이동한 후 강화도와 석모도를 라이딩 하는 것도 좋지만, 한강에서 강화 진입까지 어렵지 않은 코스다. 한강 자전거 도로를 계속 달려 방화대교 부근에서 48번 도로를 달리기 위해 빠져나오면 된다.

48번 도로는 갓길이 넓어 자전거로 달리기에 힘들지 않다. 자, 이렇게 달리다 보면 드디어 강화도 입구인 강화대교에 도착한다. 강화도에 도착하면 바다가 반겨준다. 수심이 얕고 갯벌이 있어서 동해처럼 쨍~한 바다의 느낌은 없지만 그래도 바다를 보는 것은 언제나 기분 좋다. 지도를 챙겨오지 못했다면 강화대교 근처 강화역사관의 안내소에서 강화도 지도를 받자.

해안도로를 따라 아래쪽으로 코스를 정했다. 강화도는 생각보다 언덕이 많다. 하지만 약간의 업다운 코스는 재미있다. 제일 먼저 만나게 되는 것은 덕진진. 덕진진을 둘러보고 싶다면 안내소에 자전거를 맡기면 된다.

덕진진에서 나와 길상면으로 향했다. 길상면으로 향하는 84번 도로는 좁고 차가 많아(주말에 특히) 조금 불편하다. 길상면은 정겨운 동네다. 이곳에 민박을 운영하는 곳도 많고, 가까운 장흥

저수지에 찜질방도 있다. 나는 여기서 1박을 했다.

둘째 날, 아침 식사를 마치고 석모도 가는 배를 타러 선수 선착장으로 향했다. 가는 길에 길을 잘못 들어서 이건창 생가에 도착했다. 조선 7대 문장가 중 한 분인 이건창 선생의 생가는 초라했다.

자, 다시 발을 돌려 항구로 향한다. 선착장에 도착하니 배가 벌써 떠나고 있었다. 간발의 차로 배를 놓치고 30분 정도 기다려 다음 배를 탔다. 석모도 가는 배는 30분에 한 대씩 운행되니 시간에 크게 구애받을 필요는 없다.

석모도에 도착해서 지도에 표시된 심랑염전이란 곳으로 달렸는데 예전에 버려진 염전인지 터는 있는데 관리가 안 되고 있었다. 아쉬운 마음에 갯벌 체험으로 유명한 민머루 해변을 들러 보문사로 향했다. 정말 멋진 절이다. 경내에 들러 소원 석탑에 동전도 던져본다. 탑 위에 동전을 던져서 떨어지지 않게 올리는 건데 생각보다 어렵다. 3번 만에 겨우 성공. 그런데 동전 던지기에 너무 열중한 나머지 정작 소원을 빌지 않았다.

절 입구에 식당이 모여 있다. 강화도의 명물 밴댕이회를 먹고, 석포리 선착장에서 배를 타고 석모도를 빠져나왔다.

돌아올 때는 강화읍 버스터미널에서 버스를 탔다. 자전거를 안 실어준다고 해서 버스 기사분과 약간의 실랑이 끝에 대당 5,000원의 추가요금을 내기로 했다. 조금 당황스러웠다. 규정에도 없는 요금. 버스는 신촌에 도착. 다시 한강 자전거 도로를 타고 집으로 향했다.

2006년 일본으로 첫 자전거여행을 시작한 서동운 씨는
자전거여행의 매력에 푹 빠져 틈틈이 여행 계획을 세운다.

22-6
율곡로

✳ ✳ ✳

내 자전거는
내가 고친다!

● 기초 공구

기계적인 문제 해결을 위해서는 육각렌치(또는 엘런키)와 일자/
십자 드라이버, 체인커터기 등의 공구가 있어야 한다. 자전거는
기본적인 몇 가지 공구만으로 많은 부분을 고칠 수 있는데, 가
장 많이 사용되는 공구가 바로 위에서 말한 것들이다.
육각렌치는 보통 2~6밀리미터가 가장 많이 사용된다. 시중에
는 육각렌치와 드라이버를 하나로 만들어 쉽게 휴대 가능하도
록 한 제품이 판매되고 있으며, 조금 더 투자하면 체인 툴이나
기타 다른 공구까지 포함된 휴대용 공구를 구입할 수 있다. 체
인 툴은 체인이 끊어졌을 때 다시 이을 수 있는 공구로, 사용법
을 익혀두는 것이 좋다.
* 원활한 기계의 동작을 위해서는 윤활유가 필요한데 체인은 보
통 1주일에 1회 정도, 다른 기계적인 장비들은 청소 후나 1개월
에 한 번 정도 윤활유를 뿌려주는 것이 좋다.

● 타이어에 펑크가 났을 때

타이어가 펑크 났을 때 수리할 수 있는 공구로는 펌프, 접착형/

애인과 함께 자전거를 타고 가로수가 멋지게 늘어선 길을 달리고 있었다. 그런데 자전거가 좀 이상하다. 펑크가 난 것이다. 하지만 걱정하지 말자. 간단한 방법으로 자전거를 고칠 수 있다.

본드형 패치키트가 있다. 타이어 펑크는 가장 많이 발생하는 고장으로 현장에서 직접 처리할 수 있는 공구들을 휴대하고 다녀야 한다.

만약 여분의 타이어가 있다면 터진 타이어를 빼고 새 것으로 교체하는 것이 가장 쉽다. 하지만 보통의 경우라면 위에서 말한 펌프와 패치키트를 이용해 응급처치를 할 수 있다. 패치키트에 들어 있는 사포를 이용해 펑크가 난 곳 주변을 살살 밀어준 뒤 본드를 발라 30초~1분 정도 기다렸다가 고무패치를 붙이면 된다. 마지막으로 펌프를 이용해 타이어에 공기를 넣으면 끝!

● 브레이크가 이상 신호를 보낼 때

빨리 달리는 것보다 더 중요한 것은 위험한 순간 빠르게 정지하는 것이다. 브레이크 패드가 마모되면 레버가 충분한 제동력을 얻을 수 없기 때문에 위험해진다. 주변에서 쉽게 구할 수 있는 육각렌치를 이용해 브레이크 레버의 배럴을 조정, 패드 간격을 좁히거나 브레이크 암에 연결된 와이어를 당겨서 패드의 간격을 좁힐 수 있다. 패드가 너무 얇다면 교체하는 것이 좋다.

- 배럴로 패드를 조절할 경우

1. 고정 너트를 시계 반대 방향으로 돌리면 브레이크 케이블이 빠져나와 케이블 내 와이어를 당겨준다. 이때 배럴을 너무 많이 빼면 부러지거나 휠 수 있으므로 주의!
2. 배럴을 밖으로 빼면 브레이크의 패드 간격이 좁아진다.
3. 패드 간격이 알맞게 조절되면 고정 너트를 레버 쪽으로 이동시켜 배럴이 움직이지 않게 고정한다.

- 브레이크에 달린 와이어로 패드를 조정할 경우

1. 브레이크 암의 와이어를 당기기 전, 브레이크 레버의 배럴을 레버 쪽으로 완전히 돌려 고정한다.
2. 브레이크 암에 연결된 와이어를 육각렌치로 풀어 패드 간격을 조정한 뒤 다시 죈다.
3. 와이어가 잘 고정되었는지 점검하기 위해 브레이크 레버를 강하게 잡아본다. 세부 조정에는 배럴을 이용한다.

자전거에 녹이 슬었어요!

자전거를 무기력하게 만들고 주행 시 사고를 일으킬 수 있는 녹! 어떻게 제거해야 할까?

WD-40

녹을 방지하는 효과가 있다. 일단 물로 자전거를 청소하고 녹이 슬기 쉬운 나사나 와이어, 와이어 아우터에 들어가는 부분 등에 조금씩 뿌린다. 주의할 점은 브레이크나 림, 허브에는 절대 뿌려서는 안 된다는 것이다.(기름이나 녹 세척용 윤활유이기 때문에 체인 등 기름이 칠해진 부분에 사용해서는 안 된다. 나사가 녹이 슬어 잘 안 풀릴 때 사용)

구리스

끈적끈적한 기름으로, 베어링이나 나사에 바르면 오래 사용할 수 있다. (WD 40을 이용해 녹을 제거한 후 구리스를 바르면 효과적)

자전거용 기름

약간의 점성이 있는 자전거용 기름은 기어 변속기의 움직이는 부분이나 체인을 닦는 데 사용한다.

체인용 기름

휘발유로 체인을 닦은 후 살짝 묻어날 정도로만 바른다.

이형제

자전거 체인 오일 대신에 기름때 없이 깨끗하게 사용할 수 있다. WD-40과 모양은 비슷하지만 녹 제거가 아니라 물질과 물질을 분리하는 윤활유의 역할을 한다.

오래된 내 자전거, 달라질 수 있을까?

도색하기

▶ 준비물

차량용 락카스프레이(차량용 페인트도 좋다)

프라이머(도색이 잘 되게 하는 보조제)

코팅제 1개(도색 후 위에 뿌리면 칠이 잘 벗겨지지 않고 광택이 난다)

사포 400방, 1,500방(본래 색을 벗겨낼 때 편리하다)

▶ 도색 순서

❶ 먼저 바퀴, 핸들, 브레이크, 기어변속 선을 분해한다. 분해하지 않을 경우, 본래 색을 벗겨내는 작업은 물론 도색 작업도 어려워진다.

❷ 사포로 본래 색을 벗겨낸다. 이때 사포에 물을 묻히면서 하면 작업이 쉬워진다.(2번 단계는 생략해도 되지만 도색이 예쁘게 되지 않는다. 먼지나 흙 등을 잘 닦은 후 색을 입히지 않을 부분에 마스킹 테이프를 이용해도 된다)

❸ 도색 작업 시작! 프라이머를 골고루 뿌린 후 차량용 락카스프레이를 이용해 원하는 색을 입힌다. 이때 칠하는 부위에서 락카스프레이를 30센티미터 정도 떨어뜨려 뿌려야 페인트가 흘러

여기저기 녹이 슬고 칠이 벗겨진 내 자전거. 이런 자전거를 달라지게 하는 방법은 여러 가지가 있을 것이다. 여기서 간단히 두 가지만 소개해보겠다.

내리지 않는다.(칠이 마르면 두세 번 정도 같은 작업을 반복한다)
❹ 칠 작업이 완전히 끝나면 코팅제를 입힌다. 칠 작업 때와 마찬가지로 30센티미터 정도 거리를 두고 뿌린다.

시트지나 스티커를 이용한 리폼

▶ 준비물
스티커, 시트지

원하는 무늬의 스티커나 시트지를 붙인다.(시트지는 본래의 무늬를 사용해도 되고 단색의 시트지에 원하는 무늬를 인쇄해 오려 붙일 수 있다)
★ 뗄 때는 스티커 제거제로 깔끔하게 뗄 수 있다.

시트지를 이용할 때 유의할 점

자전거 표면이 평평하지 않아 시트지가 울 수 있다.
끝부분에 먼지가 낄 수 있다.
무더운 날씨에 지속적으로 노출시키면 시트지가 녹기도 한다.

✿ ✿ ✿

겨울철, 자전거를 어떻게 **보관**해야 할까?

◆ 윤활유 사용

추운 날씨로 인해 금속으로 이루어진 자전거에 이슬이 맺히고, 심하면 그것에 얼면서 녹이 슬거나 부드럽게 작동되지 않는다. 그러나 적은 양의 윤활유를 구석구석 뿌려주기만 해도 장시간 문제없이 보관할 수 있다.

＊ 변속레버 : 변속레버 안쪽에 케이블 삽입구를 막은 플라스틱 볼트를 풀고 그 안에 스프레이 윤활유를 뿌려주면 레버의 움직임이 원활해진다. 단, 윤활유를 바른 후에는 반드시 볼트를 다시 잠가야 습기가 들어가는 것을 방지할 수 있다.

＊ 각종 볼트 : 헤드셋 및 스템을 고정하는 볼트, 시트포스트 고정 볼트, 물통 케이지 고정 볼트 등은 외부에 노출되어 있을 뿐만 아니라 자주 사용하므로 공구를 끼우는 머리 부분에 쉽게 녹이 슨다. 점성이 높은 윤활유 등을 이용해 녹을 방지한다.

＊ 페달 : 클립레스 페달은 클리트와 페달이 끼워지는 부분의 스프링과 마찰 부위에 윤활유를 뿌린다.

＊ 케이블 하우징 : 케이블이 케이블 하우징으로 들어가는 부분에 점성이 높은 윤활유를 한 방울씩 떨어뜨린다. 여기에 녹이 슬면 브레이크 및 기어변속 성능이 나빠진다.

＊ 체인 : 깨끗하게 청소한 후 윤활유를 바르고, 전체 기어를 변속해서

봄이나 여름, 가을에 비해 겨울철에는 자전거를 타는 횟수가 현저하게 줄어든다. 마음은 사랑스러운 애마 자전거와 함께 달리고 있지만 추운 날씨 때문에 도저히 집에서 나갈 수가 없다. 자, 자전거를 많이 타지 않는 겨울철에 자전거를 어떻게 보관해야 하는지 알아보자.

체인링과 스프라켓에 골고루 윤활이 되도록 한 후 체인의 기름을 가볍게 닦아준다.

◆ 장기간 보관하기

자전거를 오랫동안 보관하는 데는 주의해야 할 사항이 있다. 특히 서스펜션이나 유압 디스크가 있는 자전거는 뒷바퀴를 고정하는 장비 등을 이용해 세워두는 것이 좋다.

* 장기간 보관할 요량으로 구석진 곳에 자전거를 세워두게 되면 케이블이 꼬이거나 꺾이기 쉽다. 이 상태가 지속될 경우 케이블 하우징 내부에 있는 금속들이 꺾인 상태로 휘어져 부드럽게 작동되지 않을 수 있다. 케이블이 꼬이지 않게 주의한다.

* 뒷디레일러는 자전거를 오른쪽으로 기대 놓을 때 벽이나 다른 장애물에 부딪히는 경우가 많다. 이런 상태로 오랫동안 보관하면 디레일러가 고정되어 있는 디레일러 행어가 휘어져 변속이 정상적으로 되지 않는다.

* 유압 디스크 브레이크, 오일 댐퍼가 있는 서스펜션 등이 장착된 자전거의 경우는 오랜 시간 뒤집어 놓으면 브레이크 캘리퍼에 공기가 생기거나 차가운 공기에 수축팽창을 하면서 오일이 새어 나갈 수 있다. 똑바로 세워두는 것이 좋다.

MTB 알고 사자!

프레임은 여러 가지 종류가 있지만, 크게 모노코크와 파이프 형식으로 볼 수 있다. 모노코크는 일반적으로 파이프에 비해 무겁지만 더 단단하다. 그리고 파이프보다 모노코크가 좀 더 다양한 형태의 자전거를 만들어낸다.

서스펜션 포크는 크라운의 개수에 따라 싱글과 더블로 나뉘는데, 우리가 흔히 보는 것이 싱글 크라운이다. 더블 크라운은 험한 지역에서 사용하기 위해 만들어 강하다. 대부분의 경우 크로스컨트리에는 싱글 크라운을 사용하고, 다운힐이나 듀얼 슬라롬에는 더블 크라운을 사용한다.

브레이크는 잡는 방법에 따라 림 브레이크와 디스크 브레이크로 나뉜다. 가벼운 림 브레이크는 좋은 환경에서 뛰어난 성능을 발휘한다. 디스크 브레이크는 무겁지만 어떤 환경에도 훌륭한 성능을 보여준다. 최근 소재 개발로 디스크 브레이크의 무게가 가벼워져 다운힐 외에 크로스컨트리에서도 사용하고 있다.

바퀴는 일반 림과 스포크 휠, 카본 휠, 데모 플라스틱 휠, 텐션 휠 등 많은 종류가 선을 보이고 있다. 색상과 모양도 각양각색이어서 취향에 맞게 고를 수 있다.

Tip 크로스컨트리 Cross country: XC

산악자전거 경기 중 가장 일반적이고 널리 알려진 경기. 1996년 애틀랜타 올림픽 때부터 정식 종목으로 채택되었다. 출발점과 도착점이 다른 경우도 있고, 같은 경우도 있다. 우리나라에서는 초급 10~15킬로미터, 중급 20~30킬로미터, 상급 35~40킬로미터 정도 달린다. 출발점과 도착점이 같은 경우(코스거리가 짧을 때)에는 여러 바퀴를 돌며 모든 선수가 동시에 출발한다. 오르막과 내리막, 평지, 직선로, 굴곡 코스가 고루 섞여 있어 MTB의 여러 가지 테크닉을 종합적으로 갖추어야 좋은 경기를 펼칠 수 있다.

Tip 듀얼 슬라롬 Dual slarom

출발점에서 도착점까지 여러 개의 기문을 세워놓고 정해진 방식대로 통과하는 경기. 도착 시간으로 순위를 정한다. 보통 완만한 내리막에서 행해지며 똑같은 두 개의 길을 만들어 놓고 두 선수가 동시에 출발하는 형식이다. 이 경기에서는 자전거를 타는 방식에 제약이 없다. 기문을 중심으로 한 바퀴 돌거나, 두 바퀴를 도는 경우 빨리 돌기 위해 자전거에서 내려 손으로 들고 돌기도 한다. 그래서 순발력이 요구되며 자전거를 들고 뛰어야 하는 상황에 대비해 작고 가벼운 자전거를 가지고 경기를 한다.

Tip 다운힐 Downhill

산꼭대기에서 산 아래까지 내려오는 경기로 주행 시간으로 순위를 정한다. 산악자전거 경기 중 가장 빠른 속도를 낸다. 경우에 따라서는 시속 100킬로미터를 육박하는 속도를 내기도 해 자칫 잘못하면 크게 다칠 수도 있다. 다운힐을 위한 자전거에는 빠른 속도에서도 제어가 가능하도록 하는 여러 장치(shock absorber)를 앞뒤에 장착해야 한다. 출전자는 머리 전체를 감싸는 헬멧과 팔과 다리, 어깨, 가슴 등 온몸에 보호대를 착용한다.

안전장비와 자전거 의류

헬멧

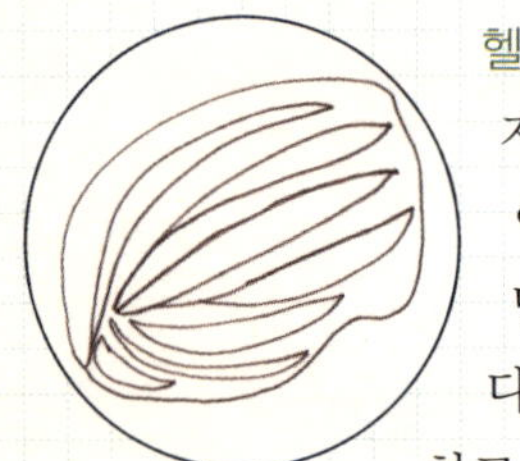

 자전거를 타는 인구 중 헬멧을 착용하는 이는 얼마나 될까? 특히 어린이들의 헬멧 착용이 시급한 문제로 떠오르고 있다. 어린이들에게 자전거 면허증을 발급하고 교육하고, 정부에서도 자전거 타기 운동에 힘쓰고 있지만 가장 중요한 안전장비에 대한 것은 뒷전이다. 그중에서도 헬멧은 가장 중요하다고 할 수 있다.

시중에 판매되고 있는 헬멧은 가격대와 제조사가 천차만별이다. 그래서 구하는 데 어려움은 없다. 단, 매장에 가서 직접 착용해보고 구매하는 게 좋다.

의류

자전거 의류는 기능성을 갖추고 있어야 한다. 땀 흡수와 배출이 용이해야 하며 라이딩 시 편안해야 한다. 또 하의에는 패드가 붙어 있는데 엉덩이의 통증과 쓸림을 완화시키는 역할을 한다. 장시간 이동해야 한다면 일명 '쫄바지' 가 필수품이다. (상의는 '저지' 라고 한다)

즐기기 위한 자전거 타기로 인해 다칠 수는 없지 않은가. 자전거를 타고 싶다면 안전장비를 챙기는 게 중요하다. 안전장비와 자전거 의류의 기능을 알아보자.

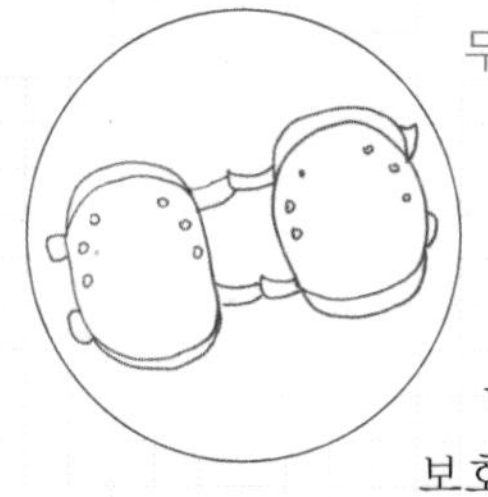

무릎 및 팔꿈치보호대

긴팔, 긴바지를 입으면 어느 정도 무릎과 팔꿈치를 보호할 수 있지만, 그것만으로는 완전히 사고로 인한 상처에서 자유로울 수 없기 때문에 무릎보호대와 팔꿈치보호대가 필요하다. 특히 어린이들에게는 필수품이라고 할 수 있다.

전조등과 후미등

야간 주행 시의 필수품으로, 노면의 요철 등을 파악하는 데, 타인에게 자신의 존재와 위치를 알리는 데 필요하다. 전조등은 아래를 향하게 장착해야 한다.

고글

고글은 자외선을 차단(UV코팅)해 시력을 보호하고 먼지나 나뭇가지, 벌레, 바닥에서 튀어 오르는 돌 등의 장애물로부터 눈을 지킨다.

버프

라이딩 시 입으로 침투할 수 있는 벌레, 먼지, 매연 등을 걸러준
다. 땀이 흘러 눈으로 들어가는 것을 방지하기 위해 머리에 쓰
기도 한다.

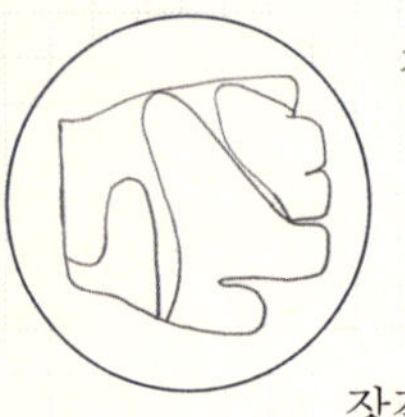

장갑

그립과 손바닥의 마찰을 방지해 손의 통증
을 줄여주며 미끄럼을 방지한
다. 장갑은 긴장갑과 반
장갑이 있는데, 자전거를
타다가 넘어질 때를 고려한다면 긴장갑
이 더 좋다.

자이언트바이시클 : http://www.giantbicycle.co.kr/

코메트바이시클 : http://www.packboy.net/

첼로스포츠 : http://www.cellobike.com/main/main.html

엘파마 : http://www.elfama.com/

이티바이크 : http://www.etbike.co.kr/

네오플라이 : http://neofly.co.kr/

동진스포츠 : http://djsports.co.kr/

빅스코리아 : http://vixkorea.co.kr/

산바다자전거 : http://www.sanbadasports.com/

세파스 : http://www.cephassp.co.kr/

스포메이트 : http://www.spomate.co.kr/shop/main/index.php

스포월드아이앤씨 : http://www.spo-world.co.kr/

시스인터내셔널 : http://www.siskorea.com

아조키코리아 : http://azokeykorea.co.kr/

오디바이크 : http://www.odbike.co.kr/

이엑스오피스 : http://www.ex-office.co.kr/

자강통상 : http://www.jagang.co.kr/

제논스포츠 : http://www.scott.co.kr/

포어스 : http://www.fours.co.kr/bbs/zboard.php?id=notice

하이랜드스포츠 : http://www.highlandsports.co.kr/

경일스포츠 : http://www.kevinbike.co.kr/

허피코리아 : http://www.huffy.co.kr/

대진인터내셔널 : http://www.daejin-inc.com/

세븐사이클 : http://www.sevencycles.co.kr/

Thanks to

자전거 이야기를 보내주신 분들
송운혁(제주도), 김한결(해남), 유재열(일본),
김희창(뉴질랜드), 변형우(동해), 서동운(강화도),
노근채(중국), 심세홍(영종도), 강규형(미국),
엄성용(동남아), 박문원(미시령대회),
가수 한동준, 용다방 김지용

멋진 사진을 보내주신 분들
장대희, 김현지, 한은진, 강은주, 황순영, 박연희, 신동오

일러스트 그려주신 분들
진미선(역사, 부품, 리컴번트, 피시, BMX),
최진영(패션)

동그라미를 멋진 자전거로 완성시켜 주신 분들
김선웅, 이광호, 김필주, 이영미, 이수란, 김보겸,
김지용, 작가 이만주
초등학교 4학년 김민철, 3학년 홍지은, 5학년 박정훈,
5학년 이다솔, 5학년 안예린

초판 1쇄 발행 2009년 7월 20일

엮음 장서가
발행인 백영곤

편집 정재은, 김한나
디자인 강미연
마케팅 이현정

발행처 도서출판 장서가
출판등록 2007년 10월 29일 제313-2007-000211호
주소 서울시 마포구 서교동 395-180 서주빌딩 301호
연락처 (T) 02-334-9681 (F) 02-334-9682

정가 10,000원
ISBN 978-89-93210-23-1 13810